如来死生之說

空間彰顯時間，時間運作空間

曾景明◎著

人之際遇不可猜，
生聚死離數十載，
如幻似真無生有，
夢醒時分皆不在。

兩精相搏謂之神，天地合氣命之人

「一晝一夜稱光陰，寒暑相推歲月成。」所謂的光陰、歲月指的就是人口中的「時間」。自古以來，人觀察日月的運行、季節的演變，將光陰分成日、月、年；看著萬物的盛衰、生老病死的循環，把歲月分為過去、現在、未來。不僅如此，人還以為光陰似箭、歲月如流、時光一去不復返。人存於可見的空間與無窮的時間之中，卻執著於空間的一切，而曲解時間的作用。

試問：倘若有一件無法逃避的天災發生在一千萬年前，當時許多生物因此死亡了，這件事與現在的人們有關嗎？大部分的人會說無關，因為年代過於久遠。假如，這天災即將發生了呢？想當然，眼下的人們必定是傷心欲絕，因為人只活在眼前；同樣的道理，如果這件事將發生在一千萬年之後呢？相信所有的人都認為這與自己無關。然而，一千萬年前、現在、一千萬年後同為一體，無法分割。試想：假使沒有一千萬年前，何以有現在？如果一千萬年後不存在，當下能存焉？

《金剛經》〈第二十九〉：「若有人言，如來若來、若去；若坐、若臥。是人不解我所說義。何以故？如來者，無所從來，亦無所去，故名如來。」『如來』二字俱含過去未來之義，指的卻不是眼前的現在（若來、若去；若坐、若臥），也不是看不見的過去與未來（從來、所去），

而是時間所代表的『永恆常在』。人在等待之時，總是認為時間過得相當緩慢，而在回首霎那間，又以為只是一眨眼，這是人受限於自我的意識，將腦中的記憶當成了時間。在無窮的時間之中，所謂的過去並不存在，眼前的一切不是現在，也沒有未可知的將來。人以為自己從過去活到現在，其實是記憶的累積；認為時光正在流逝，僅僅是自我的認知。太陽光抵達地球需要八分多鐘的時間，感覺的傳導必須經由神經元。眼見的一切、身體的感覺全部都是人所稱的過去，但人自以為活於現在。另外，人總想著自己的未來。

《黃帝內經》〈靈樞．大惑論〉：「目者，五臟六腑之精也，營衛魂魄之所常營也，神氣之所生也，故神勞則魂魄散，志意亂。是故瞳子黑眼法於陰，白眼赤脈法於陽也，故陰陽合傳而精明也。目者，心之使也。心者，神之舍也。」脊椎動物以雌雄交配的方式繁衍後代（陰陽合傳），因此發展出眼球與心臟這兩種器官。人的心臟與其他哺乳動物相似，但人的眼球卻明顯不同，因為人眼具有分明的眼白與黑瞳。天亮之時，人從夢中清醒，睜開了眼睛，外界的影像進入了眼中，人得以在空間之中盡情活動。入夜之後，人的身心俱疲，閉上了眼睛，心臟透過脊髓、腦幹驅使眼球快速轉動，大腦藉此進行必要的代謝作用。這個時候，人的身體寂然不動，人的心神返回了時間之中。

〈靈樞．邪客〉：「心者，五臟六腑之大主也，精神之所舍也，其臟堅固，邪弗能容也。容之則心傷，心傷則神去，神去則死矣，故諸邪之在於心者，皆在於心之包絡。」心包絡指的

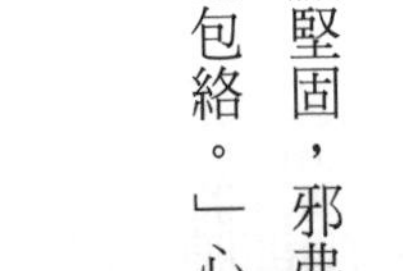

是人的胸腺。人類的胸腺覆蓋於心臟之上，是與生俱來的免疫器官，具有原始的防禦功能，負責初生時期的防疫工作。它的比例在出生時最重，兒童期作用最發達，成年後逐漸轉為脂肪，到了老年則幾乎不存在。

〈靈樞．本神〉：「兩精相搏謂之神；隨神往來者謂之魂。」哺乳動物藉由精子與卵子的結合、分裂（兩精相搏）延續生命，以為傳承；新生命誕生後必須立刻吸入空氣，因為空氣之中含有氧氣。動物生存不能沒有氧氣，而氧氣依賴紅血球攜帶，紅血球則源自於地球的鐵。人過了青春期之後，胸骨的造血功能完全啟動，胸腺逐漸萎縮，血液主導免疫系統，荷爾蒙發揮作用，生理器官成熟，自我意識抬頭。

「所以任物者謂之心；心有所憶謂之意。」人的心臟不停跳動，記憶存於大腦之中，心與腦一動一靜成就了內心的自我；可見的空間彰顯時間，無窮的時間運作空間，時與空的來回交錯構成了一切的無中生有。

心神源於時間，始於心臟與脊髓，由地球的鐵滋養，在腦中茁壯，老年後消散，最終歸於時間。

《易》曰：「原始返終，故知死生之說。精氣為物，遊魂為變，故知鬼神之情狀。」

筆者注曰：「生老病死是表徵，原始返終為過程，血肉之軀存心神，或為鬼神或為魂。」

人之形體，應象天地，何以見得，有文為憑：

人的溫度內熱而外冷，地球核心炙熱、高山寒冷；

人有精氣血脈，地球有空氣雨水；

人的神經似閃電，身體的免疫功能像磁場；

人之夢如永夜的極光，奇異而虛幻；

人之淚像地底的岩漿，觸動時爆發；

人有喜怒悲憂恐，天有寒暑燥濕風；

人有眼，天之圓；

人有血，地之鐵；

人的眼睛黑白各半，就像地球擁有白天與黑夜一般。

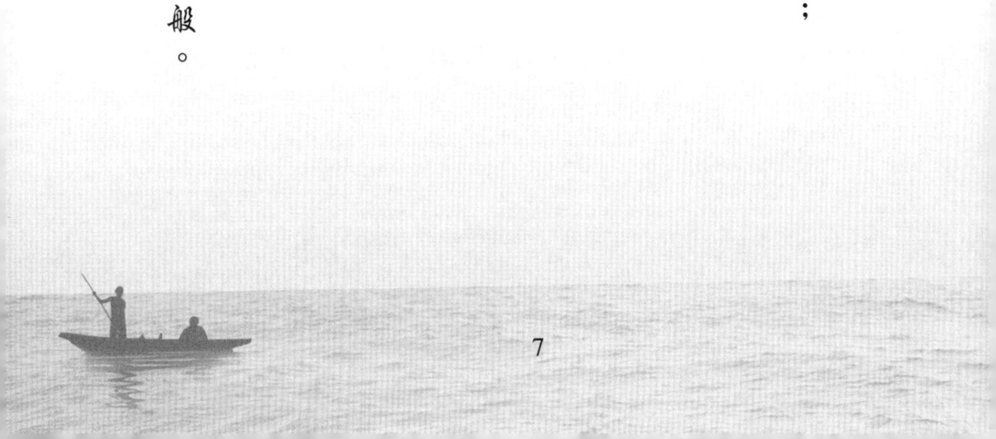

目錄

一、心者，神之舍

萬物由心生，有志事可成，心者神之舍，神失無所能。

自古以來，凡改朝換代、國號更迭之際，俱見得：

烽火連天國運衰，民生凋敝百姓哀，妻離子散鰥寡苦，亂世偷生圖自在。

吳聲，原籍湖北省天門市，在家中排行第二。他於1944年入伍，1949隨部隊撤退來台，1954年晉升中士，十年後辦理退伍。吳聲離開陸軍後定居於台中市東區，靠著榮民就養金和賣水果過日子。他每天推著兩輪車沿街叫賣水果，附近的街坊鄰居都稱呼他「老吳」。

那是一個冬天的清晨，天黑地暗寒風冷。老吳窩在暖暖的被子裡，睜開了眼睛，窗外還是漆黑一片，冷冷的空氣幾乎凝結。老吳翻了個身，將棉被拉緊，又閉上眼睛。半夢半醒之間，前一天的經歷在他的腦海裡暗暗浮現。昨天，他像平常一樣準時醒來了，窗外同樣是黑的，他想再窩一會兒，結果睡過頭了，當他趕到果菜批發市場，已錯過了發貨的時刻。一簍簍、一箱箱的現採水果早被同業分購一空，只剩下冷藏櫃裡乏人問津的高級水果。老吳的兩輪推車賣不了冷藏水果。他茫然地站在賣場中央，一副可憐兮兮的模樣。幸好老吳平時總會幫著盤商打掃攤位、搬搬水果，在市場裡人緣相當不錯，第一市場的小李臨走前分了半箱橘子、半箱柳丁給他，否則昨天根本沒有生意可做。

一想到這裡，老吳猛然清醒。他趕緊離開溫暖的被窩，穿上長褲、毛衣，將冰箱裡的饅頭、豆漿放進了電鍋。吃完早餐後，老吳帶了一些本錢，推著兩輪車離開家門。淡淡的月光照著地上，整條巷子空無一人。老吳走出巷子，來到了台中公園。此時天色未亮，一旁的路燈一閃一閃，寂靜的公園內有個嬰兒哭得哇哇響！老吳急著到市場進貨，不但沒把哭聲當一回事，反而走得更快了。走到了後門，小孩哭得更淒慘了。

「好冷的天啊！怎會有小娃兒這麼哭呢？」老吳越想越納悶。他聽著哭聲，走得慢了，心也軟了。老吳再也忍不住了。他將兩輪車靠邊一停，走進了後門，順著哭聲一路找尋。只見到：**老榕長鬚飄，垂柳隨風搖，啼哭聲猶在，嬰兒何處找**。哭聲似乎就在附近，老吳就是找不著。他想要繼續找，哭聲卻是越來越小。

「沒看到就算了！大概有人抱著，走遠了，還是趕快到市場採買要緊！」他打算放棄了。老吳正想離去，卻突然起了尿意，趕緊朝著廁所走去。走到一半，哭聲又變大了。嬰兒的哭聲和廁所正好在同一個的方向！老吳循著聲音走去，看見廁所旁的鐵椅上有一個眼熟的紙箱！他上前打開了水果箱，瞧見了一個尚未睜開眼睛的小嬰兒！嬰孩全身透著紫色，雙手亂揮亂舞，小腳不停地往下蹬，皺皺的小臉哭成了一團。一條毛巾裹著嬰兒的身體，脖子上纏了一條圍巾，圍巾的一角摀住了口鼻。嬰兒揮著小手，似乎想要拉開臉上的東西。

老吳一看瞬間沒了尿意。他趕緊撥開圍巾，脫下身上的大衣，將衣服蓋在嬰兒身上，捧起箱子快步離去。天色漸漸明亮，他來到了兩輪車旁。老吳將紙箱放進了車下的收藏櫃，推著車子衝向火車站。他知道最近的醫院就在車站的正前方。老吳一下子就跑過了站前圓環，氣喘吁吁地來到了急診室。他知道情況危急，人車一起闖了進去。

「這兒有小嬰兒失溫了！趕快來人啊！」他朝著空蕩蕩的櫃台大喊。雖然他喊得震天響，當班的護士卻不知去向。「護士小姐！跑哪去啦！小孩快冷死啦！」他氣急敗壞了。才喊完，走廊另一端冒出了一縷藍色的身影。仔細一看，原來是護士將醫院的毯子當成了禦寒的外衣。這護士在洗手間聽到了老吳的喊聲，以為有傷者上門了。她剛上完廁所，還沒洗手就衝出來了。沒想到眼前出現了一個老人和一台兩輪車！護士一臉困惑：「老伯，發生了甚麼事啊？」老吳先是愣了一下，隨即端出水果箱。護士上前打開紙箱，見到了渾身發紫的嬰兒，驚得不知如何是好。

老吳看嬰兒哭得抽抽搐搐，下氣不接上氣，護士卻沒有反應。他瞪大眼睛：「護士小姐！你趕快救救他呀！」

護士一臉驚慌：「哎呀！我們這兒沒有婦產科，也沒有保溫箱，要怎麼幫他恢復體溫啊？」

老吳焦急：「別管那麼多了！趕快想想辦法吧！」

護士：「當班的醫師七點以後才會來！這下該怎麼辦啊？」

兩個人越是心急，嬰兒的哭聲愈細，臉上的紫色更深了。老吳見狀，將紙箱放在地上，脫去身上的毛衣，取出那件大衣，將嬰兒抱起，找張椅子坐了下來。他穿著發黃的衛生衣，緊抱紫色的小嬰兒。護士一看，將自己的毛毯蓋在老吳身上。她覺得這樣不夠溫暖，又搬了棉被過來，同樣蓋在老吳身上。老吳抱著失溫的嬰兒，感到了胸前一陣寒，不自覺地想起了童年時光。

四十五年前，一月份的某一天，也是一個寒冷異常、天昏地暗的傍晚。十歲的老吳坐在門前的板凳上，看著空蕩的街道，等著父親回家。他不知不覺地睡著了。似夢似醒之間，胸前也是一陣寒！猛一看，領口的扣子竟然被打開了！一團白雪跑進衣服了！他趕緊起身，脫下棉襖。身上的雪還沒有完全拍掉，他發現有個人躲在門後偷笑。「果然又是哥哥在亂搞！」

老吳抱著來路不明的嬰孩，一邊想著湖北老家，一邊懷念童年時光。他不只想家，還憶起了當初從軍的過程，這些年的孑然一身。懷念父母兄長的思緒油然而生。忽然間，他回神了，意識到懷裡的孩子可能沒法活了！一想到這兒，老吳不由自主地緊張了。他的心臟狂跳，體溫快速升高。不久後，胸前的寒涼漸散。接下來，他熱得全身冒汗。汗水從臉頰滑到了下巴，滴在地上。嬰兒細不可聞的哭聲也停了，換成了規律的呼吸聲。他與護士正感寬慰，穿著白袍的醫生終於出現。醫生推開了玻璃門，進到了急診室，看看這邊的老吳，望著那邊的兩輪車。他看得滿臉困惑。護士趕緊過去，陳述了經過。

醫生聽後點點頭：「老伯，嬰兒恢復體溫就行了，我來幫他做身體檢查。」

老吳：「醫師，我覺得他的身子比我還熱呢！」

醫生：「那行了！別搗著被子了。護士小姐，幫他拿開棉被，把小孩抱到問診間來。」醫生說完走進了一旁的小房。護士抱走了棉被，打開牆邊的櫃子，翻出了一條毛毯。她抱起裹著兩條毯子的嬰兒，進到了醫師所在的小房。老吳起身穿回了毛衣，走到門口朝著裡面看。只見醫生戴上了聽診器，右手伸進了毯子裡。老吳瞧了片刻，走回牆邊，轉身坐下。他擦去臉上的汗，看著地上的空紙箱，心中暗想：「這小孩的父母到底是怎麼了？怎能將這麼小的嬰兒丟那兒不管？也不曉得是男的還是女的？」他想得入了神，直到前方響起了腳步聲。抬頭一看，原來是護士從問診間走過來了。老吳很想打聽嬰兒的情形，又不想護士問他和嬰兒是甚麼關係。他坐也不是，站也不是，一副欲言又止的樣子。

護士走到老吳面前：「老伯，醫師說：『這小孩能活到現在真是個奇蹟！』看他的肚臍眼，應該是昨天才出生的，這是誰家的男孩啊？」

老吳聽到了「男孩」兩個字，脫口而出：「這小孩是我的！」

護士完全沒料到老吳會這麼回答。她臉色一怔：「是你的？那你媳婦兒呢？小孩的媽媽上哪去了？」

老吳愣了一下：「我媳婦兒……她……她昨天生產後在家裡休養著。今天一大早，留下了紙條，寫說孩子生完了，她要回家了。」

護士聽著老吳濃濃的口音，覺得事情不太對勁。但是她不想打破砂鍋問到底。護士躊躇了片刻：「這樣子啊……嗯！醫師檢查了，小孩的身體狀況大致上沒問題，但是，還要觀察一陣子。還有，該讓他喝奶了，怕是餓整天了，等會兒餓醒了，又要大哭了。」

老吳：「我現在回家拿奶去，行嗎？」

護士：「你家裡有沒有其他人？」

老吳：「沒人！我家裡就我一個。」

護士：「那好吧！孩子我先幫你看著，你趕快回家拿奶粉，記得！還有奶瓶啊！」

老吳邊走邊點頭，推著車子衝出了門口。雖然路上的車子很多，他很快就回到了巷子口。老吳跑得上氣不接下氣，來到了林家門前，將推車隨意一停。七點半了，林家的鐵門還是關著。老吳著急，忘了門鈴，只顧敲門：「林太太！林太太！妳在家嗎？我老吳啊！」

「老吳？你這麼早就來賣水果？不會吧！」屋裡有個女子回應了。

老吳扯開嗓門：「我今天不是來賣水果的！我來跟妳要些奶粉的。」

門開了，一個二十多歲的少婦走了出來。她皺起眉頭：「吳伯伯，你孤家寡人的，泡奶給誰喝啊？」

老吳一臉恭謹，只是作揖：「林太太，我一大早在公園裡發現了一個小男孩。妳行行好！先借我些奶粉，我明天賣完水果後買來還妳。」

少婦：「您去年娶的媳婦兒都留不住了，是不是想兒子想瘋了？」

老吳雙手合十：「林太太，妳一定要幫幫我。我知道您府上有奶粉，先借我一些餵我的小娃兒。」

少婦見老吳如此恭謹，想起了當年的情景。大前年，一個星期一，自己一家人從霧峰搬來了東區。搬得正忙的時候，老吳推著兩輪車從門前經過。他見了滿車的家具，停下車子和先生聊了兩句。他知道是新鄰居，馬上幫忙搬家具。結果扭傷了腰，三天沒法做生意。她想著，心軟了：「唉！好吧！你在這裡等我一下。」少婦轉身進了屋子。片刻後，她拿著奶瓶回到了門口：「吳伯伯，記得先用開水泡開再加冷水啊！別燙著小孩了！」老吳一臉高興，伸手接過奶瓶，彎腰鞠躬道謝，轉身跑回醫院。

嬰兒果然餓得大哭了！老吳來到了櫃台，將奶瓶遞給護士，順勢抱起嬰兒。護士拿著奶瓶，走向牆邊的飲水機。她將奶粉泡開，用冷水調好溫度，搖著奶瓶走了回來。「老伯，你自己餵奶了，我要交班了。」她將奶瓶遞給了老吳，轉身離去。老吳一臉錯愕：「我自己餵啊？好吧！我自己來。」他將奶嘴伸進了大哭的嘴裡。嬰兒嚐到了奶水的滋味，果然不哭了。奶嘴發出了咻咻的氣泡聲，瓶內的液面迅速下降了。轉眼間，奶瓶空了。喝飽的嬰兒睡得呼呼的，老吳看得心滿意足。

急診室的櫃台又是空無一人，老吳抱著嬰兒坐在椅子上傻等。等了片刻，他想回家了。老吳抱著嬰兒走往看診間找醫生。醫生正在裡面一邊吃早餐，一邊看報紙。老吳走了進去，囁囁嚅嚅：「醫師，我可以和小孩一起回家了嗎？」醫生起身看了嬰兒一眼：「應該沒問題了，小孩如果發燒，記得到小兒科掛號，知道嗎？」

「我知道！謝謝醫師！」老吳鬆了一口氣。

付錢之後，老吳收好了奶瓶，走出急診室門口。他這輩子不曾想過，自己有一天會抱著小孩在路上行走。一路上，老吳儘量低著頭。他心中忐忑，竟不知自己從兩輪車旁邊走過。老吳回到家中，進到了房間，將嬰兒放在床上，坐在床邊看著天真的睡臉。看了一會，老吳感到尿意湧現。上完廁所之後，他終於想起了兩輪車還在巷子口。

停好車子後，老吳又進到了房間。他又坐在床邊，一邊看著嬰孩，一邊想著如何將小孩撫養長大。經過了大半天，他終於想到了一個辦法。他找來一個空紙箱，買了一罐奶粉、兩支奶瓶、三條尿布、兩套嬰兒服。小孩的東西放好之後，他在箱底鋪了一條毯子，將箱子擺進了兩輪車的櫃子。接下來的日子，他一邊做生意，一邊照顧嬰兒。由於老吳平時熱心助人，街坊鄰居、同業好友在他忙不過來時總會適時伸出援手。雖然日子過得不再輕鬆，老吳卻覺得生活充實了許多。他還買了幾塊木板，自己釘了一張嬰兒床。

老吳每天推著小孩街頭巷尾四處穿梭，鄰居都知道他突然有了一個「兒子」。儘管大家都覺得奇怪，卻無人當面問個明白。因為他的人緣相當不錯，知道內情的人始終沒說。日子一久，沒人再問甚麼。之後還有老主顧恭喜他「老來得子」，甚至有婆婆媽媽當面誇他「兒子照顧得很不錯」。

半年之後，一天下午。老吳做完生意，回到家中。他走進客廳，將嬰兒放上小床，進到廚房泡奶。小孩喝完呼呼睡了。老吳洗了奶瓶，正想休息。

「吳聲！你在不在啊？查戶口了！」門外傳來了警察的聲音。

老吳一聽，大吃一驚：「糟了！老許來了！要是他發現了這個嬰兒……我該怎麼說呢？」思索之後，他小心翼翼地抱起嬰兒，進到房間。老吳將小孩放在床板上，四周圍上被子。

「吳聲！聽到了沒啊？」老許等得不耐煩了。

老吳來到門前，推開門板，擺上笑臉：「老許啊！又來查戶口啊。我這個孤單老人一個人住在這兒，再查也是如此啊！」

老許沒有回答，從老吳的身旁走過，直接走往客廳。

「老許幹嘛要進屋子啊？在門口問問不就好了！」老吳的內心七上八下。

老許進到了客廳，轉身坐在椅子上，一雙眼睛盯著牆角的小床。老吳不敢出聲，愣愣地站在房間門口。

「吳聲，最近水果生意如何啊？有沒有人又趁你找錢時偷水果啊？」

「沒有啊！自從上次那個傢伙被我揪住後，就沒人敢偷我的水果了。」

「水果生意沒問題了，那……生活上有沒有問題呢？」

「沒啊……沒問題！我一個人住得好好的，哪有甚麼問題！」

話剛說完，房內的嬰兒發出了格格的笑聲！

老吳一聽，頓時臉色鐵青。

老許一臉好奇：「是甚麼人在裡面笑？還笑得這麼開心！」

老吳說不出一句話，只是全身冒冷汗。

「老吳啊！家裡有增加人口的話，記得要去報戶口，知不知道啊？」

「我知道！我知道！這兩天有空就去報。」

「嗯！那孩子多大啦？」

「六個……月了，我以前娶過老婆，你……記得吧？那女人生了他，不久之後就跑了。」

「你一個人又要做生意又要照顧小孩，真是不容易啊！」

老許沒有追問到底，老吳終於鬆了一口氣。儘管如此，他還是緊張得臉上一陣白一陣青。

老許起身走出客廳，離開了吳家。老吳趕緊回到房內。仔細一看，孩子的雙眼沒有張開，小小的嘴巴輕閉，嘴角微微抽動。小孩竟然露出了開心的表情！「這麼小的孩子居然一邊睡覺，一邊發笑，這究竟是怎麼一回事啊？」老吳看得好奇不已。他尋思箇中的原因，想起了一件事情。

兩年前，林太太生了一個小男嬰。小孩滿月那天，自己抱著一罐奶粉登門道賀。孩子當時同樣睡著了，也是閉著眼睛笑。眾人看得嘖嘖稱奇，七嘴八舌說個不停，卻始終說不出一個道理。最年長的林老太太從頭到尾不發一語，只是微笑傾聽。她待眾人安靜，娓娓道來：「嬰兒睡覺時會不自覺地發笑，那是有原因的。家家戶戶都有看不見的神靈，我們稱為『床母』，祂們最喜歡待在床邊，趁小孩睡著時逗弄他們。」一想到這裡，老吳不由自主地將視線瞄向床的兩邊。看了個老半天，甚麼影子也瞧不見。老吳索性坐在床邊，看著天真的睡臉，想像孩子長大後的樣子。想了一會，他總算想起了報戶口這件事情！「報戶口的話要取名兒啊！該取啥呢？總不能亂取吧！會鬧笑話的……」他絞盡腦汁地回想曾經學過的那些字，幾乎陷入了苦思。

「要不……取個和哥哥一樣的名字，叫吳風吧！」

「好像不太妥！我叫吳聲，兒子叫吳風！這不行，得加個字兒！」

「叫吳可風好了！這個可字好認又好聽。」

給兒子報了戶口之後，老吳的心情大好，他的水果生意做得更起勁了。這一日，老吳賣完了水果，回到家中，將孩子放上小床，沖了奶粉，準備餵奶。走到一半，他的左胸一陣悶痛。不僅胸痛，眼前的影像轉個不停，整個人幾乎失去了重心！老吳的內心驚恐無比，趕緊蹲坐在地。他的呼吸變得急促短暫，全身發熱不停冒汗，心臟跳得又快又亂。不只如此，連左手臂、左肩膀都感到陣陣的抽痛。

「糟了！是心臟病嗎？」他腦中浮現不好的預感。老吳趕緊將奶瓶放在地上，右手握拳搥打左胸。連擊數拳之後，痛苦的感覺減輕了大半。他鬆開拳頭，將食指、中指併攏，使勁按壓左胸。片刻之後，疼痛的感覺竟然消失了。他扶著牆壁慢慢站起，走進浴室拿起毛巾。滿頭大汗還沒擦乾，在客廳等著喝奶的吳可風大哭了。

老吳一邊餵小孩喝奶，一邊想著自己的身體。他很少生病，也沒住過醫院，更沒做過甚麼身體檢查。十分鐘之前，他還覺得自己的身體很硬朗。此時此刻，他卻有了做「心臟檢查」的想法。

「如果醫生說我的心臟要動手術……這得花多少錢？還有！開刀要住院啊！小孩子能交給誰啊？」

「哎呀！別想那麼多了，再看看吧！說不定沒事了！」雖然他不想逃避，卻只能勸慰自己。

三個月之後，吳可風長大了不少，老吳無法將他放進水果箱了。不只如此，吳可風很愛亂爬，兩輪車的櫃子再也關不住他了。老吳為了做生意，只好將孩子綁在背上。儘管撐得很辛苦，每天回家後都覺得筋疲力盡，鄰居也勸他要多多注意自己的身體。然而，為了維持家庭的生計，老吳說甚麼都要撐下去。

這一日，水果生意少人光顧，老吳又多進了半箱鳳梨，比平常多走了五條街才做完生意。回到家時天色已經暗了，帶出門的奶粉早喝光了。吳可風又餓又煩躁，在老吳的背上不停哭鬧。老吳顧不得自己頭昏眼花、全身無力，將兒子放進了娃娃車，只想趕快泡奶給兒子喝。一進走廊，他忽然感到左胸一陣刺痛，心臟彷彿被一群蜜蜂圍攻。老吳趕緊坐下，右手握成拳頭，用力捶打左胸。然而，疼痛的感覺不但沒有減弱，反而愈來愈強。老吳驚覺大事不妙，想要出門求救。但是他全身抖個不停，手腳根本使不上力。老吳背靠牆壁，想喊救命，但他的喉嚨完全發不出聲音。危急之際，等著喝奶的吳可風竟然心有感應！他放聲大哭！哭得震天響地！此時老許騎著腳踏車準備回家，經過了巷子口。他聽到驚人的哭聲，當下覺得有事發生！老許知道這附近只有吳家有個小娃兒，趕緊轉進了巷子。

哭聲果然是從吳家傳出來的！吳家那扇大門正好是開的！原來疲憊的老吳急著泡奶給孩子喝，因此疏忽了。老許直接衝進了吳家，進到客廳一看究竟。只見吳可風哭得慘兮兮，卻看不到老吳的身影。來到走廊，老吳竟然側躺在地，陷入了昏迷！老許吃了一驚，趕緊抱起老吳的身體，拖著腳步朝門口走去。好不容易走出了大門，老許感到雙手無力，兩條腿抖個不停。但是他不敢停下來休息。老許用盡吃奶的力氣走到了巷子口，剛好有一部白色的轎車從旁而過。老許大喊一聲，放下老吳的身體，舉起僵硬的右臂。車子停了，倒車靠近，一名男子下車關心。老許說了事情的經過，兩個人將老吳抬進了後座。小客車朝著火車站急駛而去。

老吳果真是心臟病發作！醫師說他必須即刻住院，接受治療。老許匆匆離開急診室，回到巷子口。他打算先將吳可風帶回家中，其餘的等明天聯絡榮民服務處之後再說。老許的妻子前年因病去世，兩個女兒已經出嫁，只剩下七十多歲的母親在家。他想拜託母親當幾天的「老奶媽」。老許來到了吳家門口，發現小孩的哭聲沒了。不只如此，客廳還是暗的，整間屋子靜悄悄的！進去一看，小孩竟然不見了！一問之下，原來是巷子口的林太太將他抱走。林太太也是被吳可風的哭聲吸引過來的。她聽到小孩大哭的時候，以為老吳正在教訓吳可風。後來哭聲變小了，她又覺得老吳應該下不了手。她正疑惑，吳可風又大哭了。她心想吳家是不是出了甚麼事？小孩到底在哭甚麼？走來看看，吳家的大門沒有關上。進到客廳，小孩哭得無比淒慘。平常和小孩形影不離的老吳竟然不見了！孩子看來孤苦無依，她動了惻隱之心。林太太知道小孩餓了，將他抱了回去。吳可風喝奶之後和林太太的兒子玩在一起。

五日之後，老吳回家休養。林太太聽到了消息，右手牽著自己的兒子，左手抱著老吳的兒子進房探視。老吳躺在床上，有氣無力：「林太太，真是謝謝妳了，這幾天幫我照顧小孩。」

「吳伯伯，你這樣背著小孩做生意太辛苦了。我看這樣吧！你以後出門時可風先寄在我家，等你賣完了水果，再到我這兒領回吧！」

「這樣會不會打擾到你們啊？」

「不會的！可風這幾天住在我家，和我兒子玩得可開心了！」

「唉！林太太，我可能還要麻煩你好幾天。醫師說我還要休息，這陣子不可以太累，也不能抱小孩。」

「沒問題！你只管安心養病，小孩我幫你照顧。」

經過半個月的休養，老吳恢復了許多。他又出門做生意了。和以往不同，他先到巷子口的林家，將兒子交給林太太，再到市場採買水果。到了下午，賣完了水果，他又來到林家，領小孩回家。吳可風越長大越調皮，常常趁著林太太沒注意，和大他兩歲的林智豪偷溜出去。兩個人不是在溪邊踩泥巴抓魚，就是跑到土地公廟玩圓紙牌、射橡皮筋，或是在收割後的田裡玩互丟土塊的作戰遊戲。老吳每次來到林家，總是見不著人影。直到上幼稚園的那一天，吳可風才揮別了每天到林家報到的幼年生活。

為了接送吳可風上幼稚園，老吳做生意的時間有了改變。他出門後先去採購水果，之後買了早餐回家，再叫吳可風起床。父子吃完早餐後一起出門，老吳將小孩送進了幼稚園才上街賣水果。為了準時接小孩回家，他還買了一只手錶。午餐之後老吳也不能休息太久，因為推車上還有沒賣完的水果。他曾經帶著兒子上街，父子兩個走在街頭巷尾。但是吳可風沒有耐性，走沒一會兒就吵著要走，所以老吳只能讓兒子單獨在家。儘管他每天都叫兒子不要到處亂跑，但是他真的管不了。

上小學之後，吳可風通學的方式又不一樣了。他吃完早餐後自己走到林家，和林智豪一起上學，放學之後自己走回家。老吳幾乎回到了原本的生活，日子輕鬆了許多。

然而，安逸的生活容易使人忘記憂愁，平靜度日其實是可遇而不可求。這天下午，老吳走在街上賣水果。他突然胸部一痛，倒地不起。鄰居見了，叫了救護車將他送醫。這鄰居還想將兩輪車推回老吳家中，但他發現吳家大門上了鎖，只好將車子停在門口。

不知父命將危的吳可風放學了。他像往常一樣沿著小溪走，邊走邊尋找認識的小朋友，一路走到巷子口，竟然一個都沒有。雖然心底不願意，他還是往家的方向走去。吳可風看見兩輪車停在門口，以為爸爸回到家了。沒想到推車上還有水果！門外依然上了鎖！進門一看，家中竟然空無一人！「爸爸還沒有回來？」他覺得很奇怪。吳可風沒有想太多，書包一丟轉頭就走。他走得很快，沿著稻田來到了土地公廟。廟前的廣場上果然出現了一群小朋友。過去一看，只見林智豪和幾個小孩蹲在地上玩射橡皮筋。沒有橡皮筋的吳可風無法參與，只能站在一旁瞎起鬨。五個小孩射了好久，沒人射得中。收橡皮筋的小朋友忙得停不了手、抬不起頭。吳可風見了很想試試身手，但是他的口袋空空。他想碰碰運氣，四下找尋被人遺忘的橡皮筋。

此時天色漸晚，老許和林太太進到了廣場。林太太叫林智豪別玩了，該回家了。她一說完林智豪竟然射中了，換他收別人的橡皮筋了。林太太看兒子玩得欲罷不能，只能搖頭。老許看吳可風在那裡低頭亂走，問他在找甚麼。吳可風聽後默不作聲。老許：「可風，你爸爸病倒了，送進醫院了。你今天晚上先住林媽媽家，知不知道？」吳可風聽完點了點頭。林太太：「可風，你先回家洗澡，洗完後帶書包到林媽媽家來，吃飽後和阿豪一起做功課。」吳可風一聽轉頭便走。他一走，林智豪的橡皮筋被別人射中了。

隔天下午，老許和一名中年男子來到了林家門口。老許敲了門，朝屋內喊了兩聲。片刻後，林太太開門了。中年男子對她說老吳去世的消息。林太太一聽覺得難以置信，同時想起了吳可風從此失親。她照顧這個小孩許多年了，內心產生了不捨的感情。男子和老許談論著老吳送醫的經過，林太太起了收養吳可風的念頭。然而，她擔心自己的丈夫不會同意。她一邊聽著，一邊想著如何試探先生的反應。

晚餐過後，林太太拉丈夫出門走走。兩個人走在無人的巷子裡，林先生問起了老吳的消息。林太太壓低聲音：「今天下午，老許和榮民服務處的劉先生一起來了。那位劉先生說：『老吳沒救起來，昨晚走了。』」

「老吳真走了！那……可風要在我們家住到甚麼時候？」

「唉！先讓他住一陣子吧！不然你讓他上哪兒？」

「不可以讓他住太久！有他在的話，我們阿豪只想跟他一起玩，根本沒法念書。」

「這種年紀的小孩本來就貪玩，長大些就不會了。」

「反正就是不行！再這樣玩下去心都野了，長大就來不及了。我明天就和里長說，看這孩子要送哪兒？」

林太太知道收養無望，輕聲嘆息：「唉！那位劉先生還說：『西屯區有家育幼院，小孩子可以送過去，我會幫忙申請。』」

林先生點點頭：「就讓他住到暑假，開學之前請他們帶走。」

林太太心中充滿了無奈。她知道吳可風雖然貪玩，卻是個善良的小孩。要她對吳可風說「父親已死，不要難過。」她根本說不出口。要她告訴吳可風「開學之前必須離開」她更狠不下這個心來。她對吳可風甚麼都沒說。儘管如此，吳可風卻從玩伴的口中得知父親不會回來。他不知失怙的悲哀，因他只是個單純的小孩。他也不覺得難過，即使知道自己將要離開。

二、目者，心之使

日思夜有夢，心使目轉動，目者心之使，心動意念從。

三個月後，一部公務車來到了林家。劉先生下了車，敲敲林家大門。門開了，林太太牽著吳可風走了出來，林智豪跟在後頭。林太太將行李交給了劉先生，拉著林智豪關上了鐵門。兩個人和行李一起上車，車子慢慢開走。三十分鐘後，公務車來到了西屯區，進入一所育幼院。這裡庭園廣闊，院童男女都有，最小的不足五歲，年長的讀至高中。漸漸地，吳可風看見了：**孤兒幼子自八方，異姓老師為家長，兄弟姊妹不同根，辛酸苦澀心中藏**。

育幼院共有院童五十多名，分成了五個家庭，由五位成年女性擔任輔導老師。儘管物質缺乏，這裡的小孩就是愛玩耍；即使舉目無親，年齡相近的男童情同兄弟。院童之中以國中男生最令輔導老師傷腦筋，因為他們時常結伴跑出院區。他們不是跑進附近的樹林玩樹上捉迷藏，就是溜進別人家的果園偷摘水果，或是跑到溪邊抓蝦捕魚。

因為出生時有過瀕死的經歷，吳可風啟蒙之後擁有不同的心靈，他清醒的時候就像一般的小孩貪玩又調皮，睡著之後卻能在自己的夢境裡隨心所欲。

一天傍晚，吃過晚餐，院童們收拾了碗盤、餐具，將桌子、地板擦拭乾淨。所有的東西都擺放整齊了，一個國中生叫四個國小生到後院去，說要在那裡宣佈一件事情。這四個國小生分別是五年級的吳可風、王祥；六年級的施高山、廖宏。他們四個人在育幼院裡幾乎形影不離，不管做甚麼都在一起。國中生很喜歡整他們，因為他們都是高年級的。國小生來到了後院，在地上坐成一列。國中生把燈關了，四周變得陰森森。國小生覺得不太對勁，卻不敢離去。

國中生裝得一臉詭異，說了一件恐怖的事情：「很久以前，有一個國小生在育幼院後面的樹林裡上吊自殺，他死後變成了鬼，一個披頭散髮、七孔流血的鬼。這鬼白天藏在樹林裡，到了晚上就跑進屋子，躲在廁所裡，只要有不聽話的小朋友起床尿尿，這鬼就會出現。有一天，一個頑皮的小朋友半夜起床，迷迷糊糊地走出房間，穿過客廳，進了廁所，尿了尿，離開廁所。鬼出現了，跟著小朋友。小朋友走著走著，發覺身後有個詭異的東西。他害怕極了，跑出客廳，衝進樹林，結果被地上突起的樹根絆倒了。鬼從後面接近，伸出長長的手爪，準備掐他的脖子……」這個國中生話還沒有說完，另一個躲著的國中生突然跳出來大喊！他喊得很大聲，王祥當場被嚇哭了。王祥哭著跑去找老師，說晚上不敢一個人上廁所。老師一聽，找來國中生罵了一頓。兩個人一邊挨罵，一邊偷笑。

老師臉色一沉：「從今天起，你們每晚陪他上廁所。」兩人一聽，臉色鐵青。

到了晚上，院童上床就寢，紛紛進入夢境。吳可風夢見自己出現在樹林裡，和鬼故事一樣的場景。他在夢中獨自行走，瞥見樹後躲著一個幽靈！這幽靈明明想隱藏自己，卻露出了大半個面積。吳可風雖然感到悚懼，卻是故作鎮定。他假裝沒有看見樹後的幽靈。儘管如此，幽靈依然朝他而去。發覺幽靈漸漸靠近，吳可風害怕至極，但他沒有逃離，反而停下了腳步。他在夢中思考下一步。幽靈也沒有靠近，與他保持一步的距離。吳可風很想轉頭看個仔細，卻又擔心幽靈對他不利。他決定逃離。奇怪的是，他用盡全力狂奔而去，跑的速度卻是奇慢無比。他從樹林跑到了育幼院門口，幽靈始終跟在他的身後。吳可風感到無奈，停了下來。幽靈也停了，還是一步的距離。吳可風又跑走，幽靈又跟上。他一停，鬼也停。

「這鬼想趁我跌倒的時候掐我的脖子嗎？如果我都不跌倒，他要追我追到甚麼時候？」吳可風想不出原因，索性回頭看向幽靈。說也奇怪，無論他如何轉頭，就是看不見幽靈的面孔，但是毛骨悚然的感覺一直貼在他的身後。

「醒來吧！這個夢不只嚇人，還沒完沒了。」他從夢中喚醒自己。

有一天，吳可風在房間睡午覺，夢見自己來到了籃球場。場上沒有其他人，地上正好有一顆籃球。他拿了起來，投向籃框。球沒進，彈向一旁，掉進了水溝。他走過去撿球，水溝冒出了一條小黑狗！小狗跑到吳可風的腳邊，一直繞圈圈。吳可風感到奇怪，蹲了下來。黑狗繞著他跑個不停，他伸出雙手抓住了小狗。狗突然嘴巴一撇，咬了他的左手一口。吳可風手一痛，縮回了雙手。他舉起右手想打小狗的頭，狗轉身跑走。吳可風追著小狗，一人一狗來到了工友宿舍。經過門前的花園之後，小狗鑽進了籬笆下方的狗洞。吳可風看著消失的小狗，似乎想起了甚麼。他在夢中思索了許久。想到後來，卻甚麼都想不起來。吳可風乾脆讓自己醒來。他張開眼睛看著左手，回想小狗消失的那一幕。回憶之間，他想起了工友曾經說過：「花園附近有蛇出沒，你們不可以從那裡經過。」另外，他對那條小黑狗也有印象。牠經常在工友宿舍附近跑來跑去，工友養的母狗正是牠的母親。

吳可風感到不安，趕緊下床，走出房間。他穿過球場，來到了夢中的花園。一進花圃，嗚嗚的哀鳴聲傳進了耳朵。吳可風沿著牆壁看過去，果然瞧見了小黑狗。牠就在屋子旁的水溝裡來回走。小狗的體形嬌小，無法跳出水溝，只能不停嗚嗚。吳可風走了過去，將狗抱起。他用虎口托住狗的腋下，看著一雙暗濁的狗眼睛。小狗不安地伸出舌頭，與吳可風四目相望。人狗互看了片刻，小狗的不安消失了。牠漸感不耐，一邊嗚嗚，一邊扭動身體。吳可風想看牠接下來的反應，不願鬆手放牠離去。小狗忽然頭一撇，在他的手腕咬了一口。吳可風手一痛，鬆開了手。小狗四腳著地，頭也不回地跑走了。

那天晚上，吳可風做了一個不尋常的夢。他夢見自己變成了一條小黑狗，和三隻小黃狗在窩邊玩耍。小狗們一會兒在草叢裡鑽來鑽去，一下子聞聞地上的螞蟻，又追著空中的蚱蜢，再互咬對方的身體。由於玩得過於盡興，吳可風摔進了水溝裡。他心一驚，趕緊爬起，趴在溝壁。只見高聳的磚牆就在一旁，他頓時恍然：「這裡就是小狗掉落的水溝啊！」吳可風試了幾次，果然跳不出去。他只好將自己喚醒。一清醒，他又閉上了眼睛，試著重回剛才的夢境。他果然變回了小黑狗，再次跑進草叢，追著其他小狗。玩鬧之際，母狗來了，躺了下來。小狗們見母親側躺在地，衝了過去。牠們用鼻子頂開對手，爭搶最好的乳頭。吳可風站在一旁看得目瞪口呆。

「算了吧！沒得玩了！」他感到無趣，將自己喚醒。

「我到底是小狗？還是我自己？」他醒後心中自疑。

⚓ ⚓ ⚓ ⚓ ⚓ ⚓

兩年之後，育幼院來了一個新院童。他叫「阿布」，是個四年級的小朋友。這阿布雖然是個國小生，卻排斥同年齡的學童，反而喜歡黏著國中生。然而國中生卻不喜歡阿布跟著，因為他們覺得國小生不但幼稚，還經常扯後腿。

有一次，吳可風、施高山、王祥、廖宏四個國中生要玩樹上捉迷藏。他們進到了樹林，圍成一圈，準備猜拳，看誰當鬼。阿布出現了，吵著要一起玩。國中生不想理會，叫他自己待在一邊。國中生正要猜拳，一旁的阿布脫口而出：「要不然我先當鬼！」國中生聽他說得乾脆，相視而笑，紛紛說好。他們隨即爬上了大榕樹。阿布低頭數到了一百，抬起頭來看要抓誰。只見國中生不是爬得老高，就是停在樹梢。阿布二話不說，爬上了大樹。儘管他爬得很認真，就是抓不到國中生。他不但沒捉到，反而被嘲笑。阿布氣得淚流滿面，下到地面跑回了育幼院。老師發現了，問他為何哭。阿布一把鼻涕，一把眼淚：「他們找我玩捉迷藏，結果一直叫我當鬼。」老師一聽，以為阿布被欺負了。國中生回來後被老師罵了一頓。

一天傍晚，四個國中生溜出了育幼院，跑到附近的果園偷摘龍眼。上樹沒多久，阿布又來了。在樹下把風的王祥告訴他：「這棵龍眼樹不好爬，不要上去，會摔下來。」儘管王祥說得很危險，阿布卻假裝沒聽見。他鞋子一脫就要爬。在樹上的吳可風看阿布執意要上來，出言相勸：「阿布，你想不想吃龍眼？想吃的話趕快回去，我會帶一些回去。」阿布聽了反而爬得比吳可風還高。他不只爬得高，還展示自己苦練的「輕功樹上飄」，甚至表演高難度的「猴子採仙桃」。他還在樹上炫耀，樹下的王祥突然發出警告：「老伯走過來了！你們趕快下來！」國中生一聽，下到地面一哄而散。阿布來不及逃，被主人逮個正著。農夫帶他回到了育幼院，要老師好好的管教。四個國中生因此被老師罰站。可是阿布卻沒事，因為他告訴老師：「我跟可風哥一起去的，他還問我想不想吃龍眼。」

又一次，幾個國中生想要抓魚。他們自以為神不知鬼不覺地溜出了育幼院，來到小溪邊。當四個人拉開蚊帳各就各位時，阿布竟然出現了。吳可風叫他待在岸上，不要下水。阿布聽後不發一語，點頭答應。國中生抓魚抓得正專心，阿布偷偷踏進了水裡。他一下水腳底就被玻璃割傷，鮮血直流。不僅血流不停，他還哭個不停，一直嚷著要趕快回去。國中生放了捕到的魚，找來一個破塑膠袋，手忙腳亂地幫他包紮傷口。血終於止住了，四個人輪流背阿布回到了院內。當晚阿布躺在床上休息，國中生在院長室門口長跪不起。

一天午後，國中生溜出了大門，打算到蕃薯園挖地瓜，接著到樹林裡控土窯。阿布又跟在後面。看到阿布來了，吳可風、施高山想要作罷，可是王祥、廖宏就是想吃烤地瓜。四個人分成了兩種想法，爭執不下。討論到一半，廖宏心生一計。他走到阿布面前：「阿布，我們要去抓魚，你去拿我的蚊帳，我忘了帶。」阿布一聽，跑了回去。跟屁蟲被甩開了，四個人樂到不行。地瓜吃完了，天色也暗了。國中生回到了育幼院，發現阿布不在院內。到了吃晚餐的時間，阿布還是沒有出現。老師問國中生：「阿布呢?他不是跟你們出去了?」四個人互看了半天，就是無人回答。飯後，一群人從院內找到了院外、由溪邊來到了番薯園，就是看不到阿布一眼。阿布彷彿從人間消失了。無可奈何，只好睡了。

這一夜，吳可風做了一個奇異的夢。夢中，吳可風、施高山、王祥、廖宏四個人在蕃薯園挖地瓜。奇怪的是，地瓜都不見了。他們蹲在地上東摸西摸，就是找不到地瓜的蒂頭。納悶之間，阿布悄然出現。他揹著一個大大的白布袋，身體前傾地走了過來。仔細一看，那不是甚麼布袋，而是一床蚊帳！蚊帳看來沉甸甸的，幾乎垂到了地面。

阿布走至吳可風身旁：「可風哥，地瓜都不見了，對不對？」

吳可風抬起頭：「對啊！你怎麼知道？」

阿布放下蚊帳：「我當然知道，地瓜都被我挖光了。」

廖宏貼近一看：「這破蚊帳是我的，你放了甚麼，怎麼會這麼重？」

阿布攤開蚊帳：「就地瓜啊！」蚊帳一打開，只見裡面放著十幾顆棒球大小的石塊。國中生看得一臉糊塗，不約而同地看向阿布。

「奇怪了！地瓜怎麼會變成石頭呢？」阿布說得煞有其事，一臉困惑的樣子！四個人被阿布的表情逗得大笑！吳可風甚至笑到醒過來了！他睜開眼睛，回想夢境。回憶之間，難以言喻的離別之情悄然浮現。

隔天早上，一個在溪邊散步的老先生看見阿布泡在水裡。他身上纏著蚊帳，面朝下地趴著，身體卡在石縫之間。傍晚，阿布的死訊傳回了育幼院。老師聽後傷心不已；國小院童哭個不停；廖宏則是一臉驚異。就在眾人悲切之際，吳可風說了自己的夢境。小孩聽得面面相覷，廖宏卻是半信半疑。老師擦擦眼淚：「好了，阿布已經跟我們說再見了，別想他了，讓他安息，知不知道！」院童聽後，漸漸平靜。

⚓ ⚓ ⚓ ⚓ ⚓ ⚓

吳可風和王祥同年，兩個人總是一起上學。他們離開育幼院之前，必須經過院長的宿舍。每次走到那裡，宿舍總會傳來鳥的叫聲。那聲音悅耳動聽，音調忽高忽低。老師曾經告訴他們：「那叫『畫眉鳥』，一種很愛唱歌的小鳥。」一天早上，兩個人正要上學，來到了大門之前。王祥想起了某件事，轉頭望著院長宿舍。

「可風，你有沒有發現一件事，那隻畫眉鳥這幾天都不叫了。」

「對喔！你不說我還沒發覺，那隻鳥大概每天叫，叫到喉嚨痛了吧！」

「才不是！老師說：『院長家的畫眉鳥生病了。』」

「是嘛！生喉嚨痛的病！我沒說錯吧！」

王祥沒有接話，兩個人走出了大門。到了晚上，吳可風夢見自己爬上了一棵荔枝樹。這棵樹長得異常高大，樹葉間結滿了一叢叢、一顆顆暗紅色的荔枝。樹上站著另一人，仔細一看，竟是王祥。吳可風和王祥打了赤腳，分站樹的兩端。他們一邊摘荔枝吃，一邊互丟荔枝的種子。兩個人丟來丟去，玩得不亦樂乎。玩鬧之際，一隻棕色的小鳥不知從何飛來，直接停在吳可風的右肩膀。吳可風想要驅趕小鳥，但他的左手抓著一把荔枝，右手握住了樹幹，實在想不出辦法。小鳥左右擺頭，朝著他叫。吳可風心生一計，扭動自己的右肩膀。小鳥站不住腳，張開了翅膀，跳到吳可風的頭上！吳可風驚了一下，轉動脖子，左右甩頭。小鳥難以站立，終於離他而去。吳可風以為自己驅鳥成功了。他背靠樹幹，摘下荔枝，用嘴剝皮。沒想到鳥又飛來了，這次落在他的左肩膀。吳可風感到無奈，對鳥嘆息。陰魂不散的小鳥依然朝他叫個不停。忽然一顆黑子飛了過來，打中了他的右手臂！吳可風轉頭一看，只見王祥在一旁仰頭大笑。小鳥在吳可風的右肩和頭頂之間跳過來、跳過去；王祥又從嘴巴吐出了種子，握在手裡。不僅如此，王祥舉起了右臂，笑得一臉詭異。吳可風無奈至極，只好清醒。

隔天早上，吳可風、王祥出門上學。兩個人來到了院長宿舍，仍然聽不到鳥叫聲。然而吳可風無意中發現宿舍的大門沒有完全關上，門板間露出了一道縫隙。

「阿祥！院長家的門沒關好，我們去看看那隻畫眉鳥，好不好？」

「我不敢，如果被院長看見了，可能會被處罰。」

「怕甚麼！不要被發現就好了。」

吳可風說完停下了腳步。他東張西望、左右察看。王祥沒有停，自顧自地往學校的方向走去。吳可風確定附近沒人，快步來到了院長宿舍。他貼近門縫，打探門內。門後是座長形的前庭，左邊是屋子的牆壁。這前庭狹窄空蕩，有根竹竿掛在牆上，一張圓凳放在角落，幾個盆栽擺在一旁。他輕輕推開門板，躡手躡腳走了進去。屋子看來像是一間客廳，裡面空無一人。竹竿下吊著一個圓柱形的鳥籠，裡面關著一隻棕色的小鳥。小鳥站在橫桿上，左右擺頭盯著他看。吳可風與鳥四目相望，想起了昨晚的夢，有了放走小鳥的想法。畫眉鳥一邊看著他，一邊在柵門與橫桿之間跳來跳去。吳可風搬來圓凳，放在籠子底下，雙腳站上。小鳥看著他，停在橫桿上。吳可風伸手打開了柵門，小鳥拍動翅膀飛出了籠子。畫眉鳥從門縫之間飛了出去，一根棕色的羽毛從空中緩緩落下。吳可風回到地上撿起羽毛，將凳子擺回了牆邊。

他正想離開，屋內傳來了門把的轉動聲！他心一驚，趕緊伏低，弓著身體，蹲走而去。一出門口，他飛奔而走。幾分鐘之後，吳可風跑到了王祥的身後。

王祥聽到了喘氣聲，轉過身來：「可風，你跑到院長宿舍做甚麼？」

吳可風拿出羽毛：「你看這是甚麼？」

王祥一臉詫異：「你為甚麼有這個？」

「噓！你小聲一點！我把鳥放走了。」

「真的嗎！」

「記得啊！這件事不要說出去！」

放學之後，吳可風將羽毛放進了衣櫃。當天晚上，他夢見自己變成了一隻畫眉鳥。小鳥在天空飛翔，一群人出現在地面上，原來是施高山帶著幾個院童進到了操場。院童們在草皮上排成了一列。吳可風忍不住好奇，飛了過去。只見院童按身高分成了兩隊，準備玩跳橡皮筋。吳可風看得玩心大起，飛到地面變回人形。施高山看吳可風出現了，派出最高的兩個人拉橡皮筋。這兩人用手指扣住橡皮筋，拼命踮起腳跟，盡量伸長手臂。整條橡皮筋被他們拉得又高又平。吳可風跑了幾步，一躍而起。他飛過了橡皮筋，在空中變回小鳥，越飛越高，直上天際。院童們仰頭注視，露出羨慕的神情。吳可風俯看地面的人群，內心得意無比。翱翔之際，遠方浮現一道小黑影。黑影的體積越來越大，輪廓愈來愈清晰，仔細一看，原來是一隻老鷹！鷹的速度奇快無比，頃刻之間，已然接近。

吳可風驚恐不已，想著如何逃離。老鷹俯衝而來，用翅膀揮擊畫眉鳥的身體。吳可風受到了攻擊，失去了方向感，在空中跌跌撞撞。老鷹再度接近，凌空伸出利爪。吳可風急中生智，緊縮翅膀，拉長身體，朝著地面快速墜去。老鷹撲了個空，盤旋在空中。吳可風一邊下墜，一邊偷看老鷹。老鷹又飛來了，越來越近！吳可風突發奇想，忽左忽右地亂飛，忽上忽下地亂竄。老鷹果然看傻了！牠不知如何靠近，只能繞著畫眉鳥飛行。危急之際，吳可風看見了一片茂密的樹林，趕緊飛了進去。老鷹終於離牠而去，又成了一個小黑影。吳可風高興不已，在林間飛來飛去。正得意，一股怪力迎面包住他的身體！小鳥無法動彈，只能掙扎。然而，牠越是扭動身體，這力量就纏得越緊。漸漸地，小鳥筋疲力盡了。吳可風冷靜下來，近看身上的東西。這原來是一面網子，一面近乎透明的捕鳥網。吳可風知道自己掙脫不了，從夢中清醒。

一個夏天，一個強烈颱風吹襲了台灣的中部地區，台中市連續下了兩天的傾盆大雨。由於大量的降水，小溪水位暴漲，河水衝出了堤岸，淹沒了路面，形成難得一見的路上河流。奔流的大水越過馬路，沖進了育幼院，幾乎二分之一的操場都泡在水裡。隔天早上，大水逐漸退去。到了下午，一灘一灘的水漥散佈院內。吳可風、王祥帶著好奇心，在雜亂的院區到處遊蕩，觀看颱風過後的慘狀。到處都是被風吹倒的樹幹、斷裂的樹枝，還有滿地的葉子、雜物。他們邊走邊留意，期待看見不尋常的東西。兩個人走出了院區，進入了蕃薯園。蕃薯的葉子都消失了，變成了光禿禿的泥地。行走之間，王祥發現泥巴裡有個緩緩移動的圓形物體。拿起來看，原來是一隻烏龜！王祥將龜的身體清洗一遍，開心地將它帶回育幼院。

他回到房間，將烏龜關在自己的衣櫃。到了半夜，櫃子不停地發出碰撞聲。那天晚上，整房的人被龜吵得沒法睡。隔天放學，王祥找了一個水桶，盛了一些水，將桶子放在後院。他又放了兩顆石頭、兩根樹枝在裡面，打算偷偷地養烏龜。晚餐時，王祥故意留了一口菜飯。飯後，他拿著碗走進了後院。吳可風跟在他的後面。王祥將食物倒進了水裡，飯粒、菜葉沉入了水底。兩個人蹲在地上，一心想看烏龜吃東西的樣子。然而，龜對身旁的食物毫無興趣，趴在水桶的垂直壁上爬個不停。攀爬之間，烏龜翻成了四腳朝天。翻倒的龜拼命伸長四肢，似乎想找個使力點。但是牠那短短的肢足即使碰到了石頭、樹枝，也使不上力。龜殼一直碰撞桶壁，發出了叩叩的聲音。吳可風看得頻頻搖頭，王祥伸手將烏龜翻成了正面。

吳可風看著龜：「烏龜如果沒辦法自己翻身，不曉得會怎麼樣。」

「不會怎樣吧！牠掙扎到沒力，會自己停下來休息。」

「你又不是烏龜！你怎麼知道！搞不好牠會一直翻身，把自己累死。」

王祥雙唇緊閉，面無表情。烏龜又翻成四腳朝天了！王祥再次將烏龜翻面，還把它放在石頭上。剛放上，烏龜從石頭上爬了下來，又在桶壁上爬個不停。

「這樣根本沒用！」吳可風猛搖頭。剛說完，龜腹又朝上了！王祥站了起來，提起水桶走至洗手台。他將桶子放在水龍頭下方接水。水位升高之後，他關了水，將桶子擺回原位。烏龜踩不到地了！牠漂在水面，不停游水。

「這樣牠就不會四腳朝天了吧！」

「這是烏龜！又不是魚！哪有一直在水裡游個不停的龜？牠也要有地方可以停下來休息！」

「你也不是烏龜！你怎麼知道牠要不要找地方休息！」

吳可風不想和他爭辯，回到了房間。連著三天，王祥總是在晚餐後拿著碗走進後院，照常把食物倒進了水裡。他一個人蹲在桶子邊，傻傻看半天。到了第四天，王祥依然走進後院餵烏龜。然而，吳可風早一步來到了後院。他躲在門邊，等著王祥餵烏龜。王祥看完了烏龜，起身離開後院。看見王祥進到了客廳，吳可風輕輕地走進後院。他站在窗邊，看著王祥走進了房間。吳可風見時機已到，走到水桶邊看烏龜。龜的鼻子有些發白，在水面上浮沉不定，原本的清水已經變成灰白色的髒水，酸臭的味道撲鼻而來，膨脹的飯粒、腐爛的菜葉散佈水中。吳可風忍住臭味，右手拿起烏龜，左手推倒水桶。髒水流了一地，飯粒、菜渣漫佈地面。他拿著烏龜離開了後院，走進屋後的花園。天色已經暗了，地面又濕又滑。吳可風走出育幼院，來到發大水的小溪邊。眼前有一片小泥地，上面長著稀稀疏疏的水芹葉，他將烏龜放在葉子上，轉身由原路走回。吳可風回到客廳後，若無其事地和其他的院童聊天。

入睡之後，吳可風夢見自己來到了台中公園。他走到湖邊，坐上一艘小船。這條船沒有槳，卻能在水面上滑行。低頭一看，原來這不是一條船，而是一隻烏龜！龜的殼像書桌一樣大，吳可風盤腿坐在殼上。人龜優游四方，心情無比舒暢。快意之際，一條小船從後方靠上，眨眼之間來到了龜的右方。船中有個人正在用力划。

「嘿！我們來比賽，看誰滑得快！」那人一臉得意，好像自己穩贏。吳可風覺得此人面生，尋思這是何人。他正想著，屁股下的龜轉彎了！烏龜竟然朝著小船衝了過去！吳可風心一驚，身體前傾，保持重心。烏龜直接撞上了小船，船殼發出了碰一聲！船翻了！得意的傢伙落水了！一轉眼，一張人臉浮出了水面。那人攀著船邊，一臉狼狽。吳可風看了此人一眼，覺得這張臉相當眼熟，仔細一看，水中人竟是王祥！

隔天傍晚，晚餐過後，王祥又捧著碗走進了後院。他看見水桶翻倒在地，飯菜灑了一地，烏龜不見身影！王祥滿臉困惑，沿著牆邊找烏龜。行走之間，老師進到了後院。她看著水桶，一臉不悅：「阿祥！是不是你拿了我澆花的水桶？還弄得到處髒兮兮的！趕快把地上掃一掃，吃不完的飯菜不要亂倒！」王祥沒有回答，呆呆地看著地面。老師看他沒有動作，彎腰拾起水桶，將裡外沖洗了一遍。她裝了半桶水，走往屋後的花園。王祥又走了一會，茫然地走出後院。

這天晚上，吳可風刻意趕在王祥之前進到房間。他爬上雙層床的上層鋪位，側著身子，面向牆壁，閉上雙眼。片刻後，王祥進房，躺在下層鋪位。很快地，吳可風睡著了。在夢中，吳可風、王祥、施高山、廖宏四個人來到了樹林。一番討論之後，他們決定玩樹上捉迷藏。四個人圍圈猜拳，輸的人是吳可風。其他三個人仰頭大笑，一個接著一個爬上了大樹。吳可風閉上雙眼，由一喊到了一百。數完之後，仰頭察看，只見到：**老榕垂鬚彎且粗，遠方枝葉密又疏，若想尋得此三人，樹梢正是藏身處**。疏密不一的枝葉遍佈各處，三個人的行蹤難以察覺。吳可風想到了一個辦法。他繞著樹幹走，邊走邊搖頭。樹上三人看得真真切切，卻猜不透。

吳可風突然腳底一滑，假裝撞樹。

「唉呦！」他還喊了一聲。

「噗哧！」三個人笑了出來。吳可風聽到了笑聲，趕緊躲到樹後。樹上三人發覺吳可風消失了，窸窸窣窣地互相詢問。吳可風聽音辨位，看見施高山、廖宏蹲在一起，手拿樹枝遮掩身體；

王祥則躲在兩個人的身後。三個人正在樹梢之間東張西望，左瞧右看。吳可風撿起一顆石頭，丟向他們身後。石頭擊中了樹枝，發出了叩一聲。三人一聽，轉頭察看。吳可風見機不可失，爬上樹幹。樹上三人不知吳可風上樹了，還在打探哪裡發出了怪聲。吳可風快要來到面前了，他們才發覺那裡真的沒人。

「你們還跑！」吳可風喊了一聲。三個人大驚失色，一哄而散。吳可風知道王祥的手腳最慢，緊緊跟著。王祥不想被吳可風碰到身體，更不願失手掉到地上，邊爬邊回頭，邊爬邊低頭。

「阿祥！小心一點！別摔下去了！」吳可風故意大喊。王祥聽了，愈爬愈慢。他還頻頻低頭，猶豫著要不要跳到地上。吳可風來到了他的後方，用手指輕戳他的背。

王祥板著一張臉，回到地面上當鬼。他同樣數到了一百，隨後抬起頭來。吳可風竟然蹲在他的面前！不僅如此，吳可風背靠樹幹，假裝悠閒。王祥以為機不可失，爬上樹幹。吳可風翻了個身，飛快逃開。王祥發覺被耍了，脹紅了臉。一轉眼，吳可風又來到了他的面前。王祥不想被騙，掉頭離開。抬頭一看，只見施高山、廖宏蹲在樹梢之間。王祥正要爬過去，兩個人忽然消失不見。王祥知道自己抓不到他們三個，索性不追了。他坐了下來，閉上眼睛。吳可風見了，玩心大起。他爬到王祥面前學猴子叫，還叫個不停。然而王祥始終閉著眼睛。吳可風見王祥沒有反應，乾脆學他閉上眼睛，甚至發出了打呼的聲音。王祥以為機會來了，撲了過去。千鈞一髮之際，吳可風轉身逃離！王祥撲了個空，又板起臉孔。吳可風又爬到王祥面前笑個不停。王祥越是不高興，吳可風笑得越開心。王祥的臉愈來愈臭，吳可風笑到得意忘形。王祥突然臉色一變，不顧一切地衝向了吳可風！吳可風被他嚇了一跳，一時忘了該如何反應。等王祥來到了眼前，他才想起了不能被碰到身體。危急之際，他翻身逃離！一翻身，他忽感天旋地轉，身體飄飄然！似夢似醒之間，他驚覺自己翻落了床邊、掉落地面！他本能地弓起雙腿，讓身體轉圈。幸運的事情發生了，他毫髮無傷地落至地面！

吳可風蹲在地上，睜開了雙眼。下層鋪位是空的，王祥不見了！吳可風以為他出去上廁所，爬回床位想要繼續睡。眼睛剛閉上，門外傳來了嘩啦啦的水響。「誰三更半夜不睡覺，還跑到後院玩水？」吳可風感到納悶。他下到地面，走出房間，靠在客廳的窗邊，看向發出水聲的後院。皎潔的月光照著地面，王祥站在洗手台前方接水。奇怪的是，水不停地流進桶內，溢出桶外。「阿祥到底在做甚麼？」吳可風困惑不已。他進到了後院，來到王祥身邊。王祥依然接水，對吳可風的出現不知不覺。「阿祥到底是怎麼了？」吳可風近看他的臉。只見王祥的眼睛半開半闔，似乎對周遭的一切視而不見。「阿祥這樣……咦！這就是所謂的『夢遊』嗎？」吳可風想起了一件往事。

三年以前，他還是個五年級的國小生。有一天晚上，他和施高山、王祥、廖宏四個人在客廳聊天。聊到後來，他們說起了做夢這回事。吳可風說自己在夢裡變成了小狗；施高山說自己在夢中成了武林高手；廖宏說自己在夢裡開直升機；王祥說夢到自己飛到了外太空。四個人描述自己的夢境，都說自己做過的夢比較有趣。他們越說越大聲，愈講愈神奇。爭論之間，一個國中生走出了房間，來到桌邊：「你們這些夢其實都很普通，有沒有聽過『夢遊』啊？」四人一聽，嘴巴閉緊。「夢遊的人睡著之後起床活動。他們睜開眼睛，一邊睡覺，一邊亂走。你叫他的名字也沒用，因為他們聽不到。還有，夢遊的人神出鬼沒，有的人爬上了電線桿，甚至有人在電線上行走。」當時國中生說得繪聲繪影，四個傻小子聽得呆若木雞。

看著王祥的模樣，吳可風發覺夢遊沒有那般詭異。但是，除了好奇之外，他又為王祥擔心。他貼近王祥耳邊：「阿祥！你在做甚麼？」王祥果然聽不見，還是面無表情地接水。吳可風伸手關上了水龍頭。水聲頓時沒了，王祥有動作了！他握住把手，提起水桶，走向牆邊。水沿著桶身落到地面，水滴濺著王祥的腳背。王祥來到牆邊，放下水桶，沿著牆邊慢走。「阿祥又在找他的烏龜了？」吳可風看得不明所以。王祥一步接著一步走，在明亮的月光下，像是個年歲已高的老人。

「阿祥失去了烏龜才變成這樣吧？可是……讓他一直在這裡走下去也不是辦法。」「試看看能不能拉動他，如果可以，將他拉回房間吧！」吳可風打定了主意，上前拉住王祥的右臂。王祥難以前進，果然停下了腳步。吳可風拉著王祥，兩個人走出了後院，回到了房間。一進門口，吳可風鬆了手。王祥繼續走，來到床前，轉身坐下。吳可風脫了鞋，爬上自己的床位。他想要繼續睡。閉眼不久，王祥又走出了門口。

吳可風趕緊下床，拉住王祥：「阿祥！不要到處走了！回床上躺著！」王祥聽了，走回床邊坐下。吳可風想了一下，將門栓給拉上。門剛鎖上，王祥又起身了。他來到門前，伸手推著門板。那扇門動也不動。王祥遲疑了一下，用力再推。門還是不動。王祥走不出去，轉身走向自己的衣櫃。他停在櫃子前，拉開櫃子門，看著櫃子內。吳可風看得不耐煩了。他將王祥拉回床邊：「阿祥！你再不睡覺！以後都自己去上學！」王祥聽後躺回床上，閉上了雙眼。

三、任物者謂之心

一年之後，某天傍晚，院童們聚在客廳一起吃晚餐。吃到一半，老師想起了某件事：「可風！你知道自己國中畢業後要做甚麼嗎？」

「我不知道，應該先找個工作，然後半工半讀念高職夜間部吧！」

「你的個性比較適合念軍校，你知不知道？」

「可是……軍校要考試才進得去……我的功課那麼差，應該考不上吧！」

「你可以讀士官學校啊！士校很容易考，通過體檢之後，寫寫考卷就可以進去讀了。你如果不知道以後要做甚麼，不如去當兵，省得為了找工作傷腦筋。我有個表哥也考軍校，現在在海軍服役。他說當兵表面上不自由，其實很快就習慣了……」

老師一直說個不停，吳可風卻答不出一句。因為他從沒想過畢業之後要做甚麼，更不知道自己是不是真如老師所說的「適合當兵」。

「吳可風，你想不想念軍校？」不到兩天的時間，竟然連學校的老師都問了吳可風同樣的問題。吳可風看著窗外，沉默不語。

「我明天拿報名表來，你帶回去看看。」老師說完轉身離去。

當天放學，吳可風、王祥在校門口碰面，一起走回育幼院。走到一半，兩個人說起了考軍校的事情。原來王祥的老師也問了同樣的問題。王祥擔心退學之後賠不出錢來，所以不想去。然而，他一直鼓勵吳可風從軍。

隔天上學，老師將〈士官學校聯合招生報名表〉交給了吳可風。放學後，吳可風帶著報名表回到了育幼院。老師拿在手上看，隨手翻了翻：「聽說空軍的學校比較難考，你可能上不了，寫海軍的好了。」她拿起筆，在最後的空格內填上〈海軍通信電子學校〉。

兩個月後，吳可風提著行李在學校門口等車。過了半個鐘頭，一輛巴士來了，裡面坐滿了同年齡的學生。吳可風上了車。巴士來到了台中火車站，所有人下車。吳可風和一部分的人搭上一列南下的火車。座位早被坐滿了，大部分都是前往士校報到的軍校生。普通車離開了月台，陸續停靠了幾個車站。學生一批接著一批離開，車廂裡的人越來越少。四個鐘頭之後，列車來到了左營火車站，吳可風下了車。

一部交通車在站前等著，三位穿著白軍服的士官招呼學生上車。巴士進入左營軍區，駛入海軍新兵訓練中心。三百多個國中畢業生分成了三個中隊，所有人都理成光頭。他們領了黑色的海軍帽、淺藍色的工作服、深藍色的工作褲，還有厚重的黑皮鞋。第一周，教育班長、中隊幹部相當和善，對學生有說有笑，甚至稱呼他們是「國寶」。到了第二周，幹部的態度都變了！學生變成沒有人格的次等軍人，甚至比在垃圾堆裡翻找食物的野狗還不如。幹部想罵人，就集合部隊開罵；想處罰，所有的學生一起被罰。第三周，學生在一間熱得像烤箱的教室裡上課，一位穿著黃軍服的教官走進了教室。他帶來一疊紙，遞給了助教。助教按照座位發下，學生一人一張拿在手上。白紙上方寫著兩個字「遺囑」。教官叫學生務必填上自己的姓名，勾選下方的空格。學生們拿著自己的遺囑東張西望，一臉茫然。

教官站在電扇前方：「你們考慮看看，如果未來發生了戰爭，各位很不幸地戰死沙場，你們希望國家如何安葬你們啊？」

有位同學壓低聲音：「我要選火葬，你呢？」

吳可風不以為然：「我們是海軍耶！選甚麼火葬！到時候船都沉了！」

後方的同學：「選土葬比較好吧？」

一旁的助教聽得搖頭：「你們可以按照自己的想法勾選，但是，沒有人保證照你的遺囑處理你的遺體。基本上，海軍戰死的都直接投進海裡。」

一位同學囁囁嚅嚅：「真的要選嗎？我不知道怎麼選……」

助教看著那位同學：「哼！怕死還來當兵。」

⚓ ⚓ ⚓ ⚓ ⚓ ⚓

三個月後，學生離開了新訓中心，放了七天的結訓假。接下來，他們進入自己選擇的軍校，過著日復一日、單調無趣的學兵生活。每天不是在教室裡學習專業科目，就是在操場上進行基本教練。吳可風選擇了電訊科，兩年後畢業了。他抽中艦艇單位，擔任船上的電信士官。

一個悶熱的夏天，左營軍區下起了太陽雨。吳可風坐在淺藍色的交通車上，巴士進入了港區。碼頭上，胖瘦不一、有長有短、各式各樣的艦艇一字排開、依序排定。吳可風在一艘瘦長的軍艦左側下了車。他揹起大大的帆布袋，踏上通往甲板的階梯。走到一半，他朝船尾的海軍旗敬禮。走至末端，他向穿著白軍服的當值官敬禮。上到甲板，一股濃烈怪異的油漬味撲鼻而來。吳可風拿出了報到令，當值的衛兵領他前去。兩人跨進了橢圓形的艙門，濕熱的蒸氣籠罩著全身。他們穿過狹窄的通道，經過幾個轉彎，爬過兩座鐵梯，停在一扇鐵門的正前方。灰色的門板中央開了一扇小窗，士兵用手指在門板上敲了兩下。小窗從裡面拉開了，一張臉孔露了出來！

「阿強，你們電信室的士官來報到了！」衛兵說完轉身離開。門開了，吳可風進入了電信室。只見一條鐵桌焊在甲板上，幾部機器鎖在桌面上，三張鐵椅排成一列，地面鋪了塑膠墊。他瀏覽室內，一部接收機發出了滴滴答答的長短音。阿強一聽，坐回鐵椅，拿起筆，字字記。吳可風放下袋子，看著阿強抄寫電報。冷不防地，旁邊有個聲音：「小子，這樣的速度，你行不行？」

這聲音聽來熟悉，吳可風想起了自己的父親。他轉頭一看，見到了一個穿著運動服的長者站在一旁。儘管長者看來一臉和氣，卻是不知來歷。

吳可風趕緊敬禮：「報告長官，沒問題！」

長者：「沒問題，是嗎？如果電報抄不下來，或是抄了譯不出來，怎麼辦？」

吳可風吞吞吐吐：「應該……不會吧！」

長者眉頭一皺：「我不是問你會不會，我是問你怎麼辦。」

吳可風不知如何回答，只是呆望。長者不再問話，出門而去。門一關上，電碼的聲音嘎然而止。阿強放下筆：「我先帶你到住艙，東西放好後再上來。」

「請問，剛才穿運動服的人是誰？」

「那是我們隊上的老士官長，從大陸過來的。你聽得懂他說的？」

「聽得懂。」
「你來自眷村嗎?」
「我不是。」
「你不住眷村，怎麼聽得懂，士官長的口音很濃，很難懂。」
「我小時候常常聽，沒問題。」
阿強聽了，滿臉詭異。他很想笑出聲音，卻又憋住笑意。吳可風看了，露出了不解的表情。
阿強：「唔!那……算你有福氣吧。他的口音很濃，我聽不懂，所以他很少跟我說話。」
吳可風：「我曾聽學長說過，他說大陸來的老士官長都不太管船上的事，也沒人管得了他們。」
阿強：「對啦!但是我們這個不太一樣。老士官長會到處看，還會說一些深奧的話，但只有少數幾個人聽得懂。」
吳可風：「深奧的話是甚麼?」
阿強：「以後你自然會懂。嗯……趁現在沒事，我先帶你下去住艙吧!」阿強說完走出了房間，吳可風揹起袋子跟在後面。
三天之後，除了老士官長和必要的當值人員外，全體官兵走下階梯，穿過馬路，進入禮堂。全船在此召開當月份的「榮譽團結會」。會議之中，有位一臉嚴肅的弟兄表示不想再吃廚房煮的

「罐頭麵」，建議船上發泡麵做為消夜。另一個嘻嘻哈哈的老兵拜託長官准許船上的福利社販賣檳榔。儘管在場的士兵同聲附和，副艦長和輔導長卻同聲拒絕。

會議在嘈雜聲中準備結束，主席宣佈：「現在提名下次會議主席。」現場頓時靜了下來，士兵們左顧右盼。一位士官舉起了右手，主席示意起身發言。

士官站了起來：「我提名電信的吳可風！」吳可風一聽，臉上一陣白一陣青。他不知誰提名了自己，趕緊向隔壁的電機士官張國泰打聽。張國泰摀著嘴：「那個人是電子班長，他和你都是作戰隊的。還有一點，他對你們電信室的人很有意見。」

一個月後，全體官兵又在禮堂就位。吳可風坐在主席的座位上，看著政戰官的眼色，忐忑地宣佈榮團會正式開始。會議進行到「檢討與建議」時，電機士官張國泰舉起了右手。吳可風請他發表意見。張國泰站了起來，掏出紙條，邊看邊念：「電機士官張國泰第一次發言，在不影響任務的狀況下，我們每個月是不是可以增加一天到兩天的輪休假。我們船每次只放五天，其他船都放六天或七天。請長官考慮一下，報告完畢！」他結束了發言，現場靜默一片，士兵滿心期待，空氣幾乎凝結。

沉靜之中，艦長拿起了桌上的麥克風：「嗯！台灣是個小地方，每個月放五天就夠了。我們不是觀光遊輪，是海軍的『護衛艦』。上級隨時會有任務交代下來，大家要有立即出航的準備。身為一個軍人，一定要有犧牲、奉獻的精神。」

艦長剛說完，副艦長站了起來。他轉身面對全體士兵，扯開喉嚨：「在我們船上，假放最少的人就是我。我一個月最多休三天！我都不計較了，各位計較甚麼！」

副艦長剛坐下，換輔導長起身了。他先瞄了張國泰一眼，接著振振有詞：「各位！軍人應該以休假為恥辱，我對阿泰班長的發言感到汗顏！」這個時候，只看見：**阿泰默默閉上眼，假裝自己沒聽見，眾人搖頭輕聲嘆，當初為何抽歹籤**。

散會之後，吳可風回到了船上。他看見張國泰坐在舷邊的纜樁，臉上盡是無奈。他突發靈感，走上前，摀著嘴：「阿泰學長，你可以再舉手，然後大聲地說：『報告輔導長，身為一個革命軍人，我們可以忍辱負重，多放兩天沒有問題！』」

張國泰一聽，笑了出來：「哈！說得很有氣魄，下次由你來說。」

除了放假、吃飯、洗澡、睡覺之外，吳可風和阿強兩個人幾乎都待在電信室。因為他們兩個最菜，必須輪流出公差。另外，他們也不能同時離開，因為部門必須有人當值，無論靠岸或出海。兩個人在電信室裡不是輪流抄譯電報，就是聊天、看小說、聽音樂。一陣子之後，吳可風發現了一件怪事：阿強動不動就摸自己的脖子，左側的位置。然而，那個地方看起來又很正常。有一次，兩個人聊起了癌症，阿強又摸著脖子。

吳可風忍不住了：「阿強，你為甚麼常常摸脖子？」

「因為裡面長了一顆東西，小小的，摸起來有點硬。」

「那是甚麼？」
「是瘤啊！」
「有沒有讓醫師檢查？要開刀嗎？」
「看過兩個醫師了，都說是良性的，不需要動手術。」
「那就沒問題了吧，幹嘛一直摸它？」
「我也不知道，就是想弄掉它。」
「不是說『良性的』嗎？」
「對啦！但我就是很在意啊！」
「它沒事好好的，你在意啥？」
「我也說不上來，就是不喜歡它長在我的身上。」
「依我看，你還是把它割掉吧！」
「可是，醫師說：『不需要，這種瘤不會變成惡性的。』」
「割了吧！免得它纏著你一輩子。」

護衛艦的任務相當繁雜，除了進廠修船之外，長時間待在海上。這天下午，船沒出海，吳可風偷空上到了駕駛台，想找航海士官許文哲聊天。當值的位置上有個人，卻不是許文哲，而是隊上的士官長。他還是一身運動服，低頭看著〈航海日誌〉。

吳可風連忙敬禮：「士官長好！」

「好啊！小子！你過來，士官長問你一個問題，你知不知道自己從哪來的啊？」

「我從電信室上來。」

「我不是問這個，你知道自己從何而來嗎？」

「嗯……我從台中來的。」

「我也不是問你打哪來的。」

「唔……應該從娘胎來的吧！」

「你這不是廢話！我問你人到底是從哪來的？你知道嗎？」

「人從……人猿變過來的吧？」

「嗯，很好，那人猿又從哪來的呢？」

「人猿從……大概是某種哺乳動物變來的吧？」

「說得好！之前呢？最初呢？人一開始從何而來呢？」

吳可風想了半天想不出來，只好搖頭。

「你真不知道自己從哪來的？」

「報告士官長，是的！」

「小子，士官長告訴你，其實人是人自己想出來的。」

四、心傷神去

兩年之後，吳可風晉升班長。一天早上，士兵們下到碼頭，列隊集合，準備點名。整隊之間，一部交通車開了過來，停在船邊。門開了，一名新兵提著水兵袋走下車門，上船報到。此人長得又高又瘦，戴著黑框眼鏡。他是個航海兵，叫做「郭宗名」。郭宗名上船之後從未參加集合點名，像是消失了。

張國泰曾問吳可風：「航海部門不是來了一個新兵，為何我從來沒有見過？」

吳可風回答他：「你看不到，因為他都在駕駛台當值，負責船上的作息廣播。還有，這個新兵是本艦的電台主持人。基本上，我們只能聽到主持人的聲音，沒有機會見到他本人。」

張國泰聽得一愣一愣：「他是主持人？那我們是甚麼？」

吳可風斬釘截鐵：「當然是忠實聽眾！」

半年之後，某天下午。吳可風離開了電信室，經過戰情室、海圖室，爬過兩座梯子，上到了駕駛台。他想找航海班長許文哲聊天，卻見到郭宗名趴在座位上低頭寫字。

「這傢伙應該在寫信，那個收信人想必是個女生。」吳可風不想打擾他，準備離去。

郭宗名抬起頭：「電信班長！」

「甚麼事？」

「你收工之後要不要去籃球場打球？」

「打球？當然要啊！沒開船就要把握機會運動，你要不要一起去？」

「可是……我們班長……他不知道會不會上來幫我當值，這裡不能沒有人。」

「應該沒問題，待會兒我跟他說，沒事的話他應該會上來代替你。」

郭宗名露出難得一見的笑容：「謝謝班長！」

「記得啊！廣播完『體能活動』後趕快到住艙換運動服，直接到球場來，越早越好。你上船後很少到陸地上運動吧！要把握機會啊！」

「我知道，待會見。」

出乎吳可風的意料之外，郭宗名沒有來。而且，他們船只有五個人到場，無法湊成兩隊。眾人正感意興闌珊，又有幾個人陸續進場，原來是隔壁船的。全部是十二個人，剛好分成了四隊，按鬥牛的規則輪流上場。幾番勝負之後，天色越來越暗，眾人離開了球場。吳可風回到船上洗澡，接著進入飯廳，吃著已冷的菜飯。飯剛吃完，門外響起了急促的腳步聲，一個人匆匆跨進了飯廳，正是航海班長許文哲。他面色凝重：「吳可風學長，郭宗名有沒有去球場打球？」

「沒有！那小子沒來。」

「他沒去？這小子到底跑哪了？他到現在還沒回來！」

「他下船了？真的嗎？」

「千真萬確！我剛剛問了當值的衛兵，紀錄簿上也有登記。」

「我以為他還在船上哩！」

「不可能！不知道這傢伙在搞甚麼，當值官找他找不到，結果跑來找我。對了！我要上去交代衛兵，看見郭宗名回來立刻通知我。」

許文哲念念有詞地走出了飯廳。吳可風望著他的背影，暗自猜想：「這個郭宗名老是面帶憂鬱、心事重重的樣子，會不會不假離營了？他應該沒那麼傻吧？他沒有假條，應該出不了營區才是！」

一個小時後，吳可風依舊坐在飯廳，許文哲又進來了。

吳可風：「阿哲，郭宗名回來了沒有？」

「回來了。我本來想罵他幾句的，但是他的眼睛看起來紅紅的，說話還帶著鼻音，應該剛剛哭過，所以就算了，反正今天的當值官說要處罰他了。」

「當值官怎麼說？」

「聽他的意思，打算要禁他下一輪的休假吧！」

「這樣就要扣五天假！會不會太狠了？他才離開幾個小時而已。」

「唉！今天的當值官是兵器長，剛好是郭宗名的死對頭。」

「死對頭？他只是個新兵而已，憑甚麼！」

「上次跑任務時，有個時段是兵器長當航行官。結果郭宗名掌舵打瞌睡，船偏離了航道。後來艦長上到駕駛台，發現船走偏了，狠狠地罵了兵器長一頓。」

「唉！他怎麼這麼倒楣！」

「兵器長這個人雖然是個軍官，卻很愛跟小兵計較，老是找他們的麻煩，讓人受不了。」

「郭宗名到底跑哪兒了？你有沒有問他？」

「他說去郵局寄信，順便打電話回家，後來電話講太久了，回到船上也晚了。」

「寄信？對了！我上駕駛台的時候，就看到他正在寫信，之後說要一起去打球。咦？難道他只想下船寄信。」

「他打算先去寄信再打電話回家，和他媽媽說幾句話，接著再去球場。結果電話是他爸爸接的，他爸爸叫他不要動不動就打電話回家。」

「叫他別打電話回家！怎麼又拖了那麼久才回船上？」

「學長，先別急，讓我把話說完。他爸爸在電話裡一直勸他簽留營，在船上待著，別老想著哪天要放假，何時可以打電話回家。」

「又是一個遊手好閒、一心要錢的老爸！」吳可風聽出了蹊蹺。

兩個月後，一天中午，吳可風吃完午餐，進到了住艙，準備午睡。他看見許文哲坐在轉角玩電動遊戲，走了過去：「阿哲，你們郭宗名最近怎麼了？他老是過了時間才廣播，現在別船的人都說我們是『慢半拍的』。」

「學長，他都聽了隔壁船廣播之後才跟著廣播。還有，他已經兩個多月沒放假了，心情鬱悶得很。這小子每天不是愣愣地看著海面，就是趴在桌子上寫信。」

「他再這樣下去，會不會出事啊？」

「唉！他最近都魂不守舍的。現在每次一出海，艦長就叫我在駕駛台全程待命，沒有一個軍官敢讓他掌舵了。」

「他是不是受了他爸爸的影響？還是感情方面出了問題？」

「都有吧！他爸爸告訴他：『如果沒有簽留營，最好不要回家了。』」

「不當兵就別回家了？有必要嗎？逼兒子逼成這樣！」

「聽郭宗名的說法，他爸爸好像看不起他，認為他退伍後不會有出息，甚至連個像樣的工作都找不到。他爸爸要他老老實實地待在船上，還說：『你繼續當兵起碼有固定的薪水、加給可以領。不當兵的話你能做甚麼，在家裡混吃等死嗎？』」

「說甚麼！這種人只想要兒子的薪俸，根本不考慮兒子如何過活！」

「還有，他女朋友大概要和他分手了。上次被兵器長禁了五天假，就是為了寄信挽留她。」

「是嗎？我昨天上駕駛台，看見他還是趴在桌上寫信，不是寫給他女朋友嗎？」

「他寫的信都是要寄給他女朋友的，但每封信的內容都差不多，開頭幾句總寫著：我可能活不下去了，如果妳一直不回信。」

「你真的看了？」

「我趁他上廁所時偷看了幾次。學長，你認為他會不會真的想不開啊？」

「難怪！剛才我上駕駛台喊他：『郭宗名，廣播收工了！』結果他只顧寫信，完全沒聽到我說的。後來我走到他身邊，拍他的肩膀，他才抬起頭看我。他看起來好像很憂鬱。」

許文哲放下手上的操控器，仰頭長吁：「呼！我還是先跟輔導長報告好了，免得他出事情，我還得挨罵。」

吳可風想起了郭宗名哀傷的神情，心有感應：「我看輔導長也無能為力了，除了他爸爸和他女朋友之外，大概沒人能幫得了他。」

許文哲又拿起遙控器：「管他的！反正我先報告就對了，管他有沒有能力！」

吳可風沒有接話，躺上自己的床。他想著那張憂傷的臉，不好的預感在心底浮現。

次日下午，用餐的口笛聲響起。吳可風進到了飯廳，準備吃飯。許文哲尾隨著他，坐到一旁：「學長，我早上跟輔導長報告郭宗名的情況了，他說：『這個小朋友不會有問題，他只是太久沒放假、稍微想不開而已。我找時間跟他聊聊，過幾天讓他放輪休，他收假之後就會恢復正常了，別擔心。』」

「我不太相信這個輔導長，他根本搞不清楚郭宗名的狀況。」

「還有一件事，我剛剛上駕駛台，郭宗名竟然問我：『班長，我放假想騎機車去太魯閣國家公園，該走哪條路？』」

「他不是住岡山嗎？騎機車到花蓮，有沒有搞錯？」

「他住岡山沒錯。我對他說：『你要騎機車去花蓮，最好天一亮就出發，看著地圖慢慢騎。』」

「他自己一個人去？」

「對啊！大概想要一個人去散散心吧！」

吳可風聽到郭宗名一個人要去花蓮，不好的想法忽然湧現。他覺得郭宗名會出事情，時間早或晚而已。他正在沉思，一名士兵進到了飯廳。原來是外出領郵件的信差回來了。信差放了一封信在吳可風的面前。吳可風看了地址，發現是施高山的來信，趕緊拆開看個仔細。施高山在信中提及：廖宏上個星期入伍了，就在成功嶺的新兵訓練中心，要不要找個星期天一起去看他？吳可風看完之後將信收在抽屜裡。他迅速用完餐，帶著零錢下船，打電話給施高山。兩個人約了會客時間。

五天之後，他們在成功嶺入口處的雜貨店門口碰面。兩個人搭上公車，巴士來到了訓練中心，所有的乘客下車。他們進入大門，按郵政信箱，循路標看板，一路走到了閱兵場，只見：**一群新兵坐草皮，一票家長尋子弟，當值幹部唱姓名，光頭出列笑咪咪**。兩個人來到了廖宏的連隊，班長喊了他的姓名。廖宏出列了，一臉笑意。三人找個樹蔭，坐了下來，先是敘舊，接著扯皮。說到後來，施高山一直探詢軍中的規矩。原來他也收到了兵單，即將入營。

「這裡管得很緊、很難適應。」廖宏邊說邊搖頭。施高山聽得眉頭深鎖，滿面愁容。吳可風先是輕笑了兩聲，隨後以老兵的身分告訴他們新兵入營務必了解的幾件事情。兩個人聽得認真無比。午餐過後，他們聊起了海軍艦艇兵和陸軍步兵的差異性。廖宏、施高山頻頻問起船上的生活點滴和放假情形。吳可風藉機吹噓「海哥」吃風喝浪的海上生活，還有一邊狂吐，一邊開船的痛苦經過。

「不只這樣，有的菜鳥一放假就消失了，連家人都聯絡不上他們。結果船開走了，準備靠左營了，他們還傻傻地跑回基隆。」他還描述了「天兵」收假時跑錯港口、回不了船的困窘。兩個人聽得頻頻搖頭。

廖宏倖倖然：「還好我不是抽到海軍，要不然我一出海就暈船，一直吐到退伍。」三個人聊得忘了時間，直到「會客結束」的廣播響起。吳可風、施高山告別了廖宏，搭車離開成功嶺。巴士進入市區，來到台中火車站。兩個人下了車，改乘機車。施高山載著吳可風來到了太平。買了便當之後，兩個人進入施高山的宿舍。吃完晚餐，施高山問起暈船的種種，原來他擔心抽到海軍。

吳可風四兩撥千斤：「別煩惱！海軍的籤最少，你抽不到；如果真的抽到了，也不一定會抽到艦艇；就算上船了，你也不見得會暈船，因為愛喝酒的人多半不會暈。」施高山聽後安心了不少。深夜，兩個人躺在床上，聊著童年時光。說了好久，吳可風睡著了。他夢見自己站在船邊，看著球場。黃昏之中，兩個人穿著短褲、汗衫走出球場，來到堤防。仔細一看，原來是許文哲、郭宗名正要走回船上。他們一前一後踏上了階梯。

吳可風看著郭宗名一身是汗：「你們兩個跑去打籃球？」

郭宗名：「對啊！班長怎沒一起來？」

「你們去之前也沒說，我怎麼去呢？咦？你們跟誰打？」

郭宗名：「和隔壁船的，他們還蠻強的。」

「真的嗎？你們打輸還打贏？」

郭宗名一臉正經：「開甚麼玩笑！當然打贏啊！從第一場贏到最後一場耶！」「但中間的七場都他們贏，哈！哈！」他笑著補了兩句。吳可風被他的話逗笑了，從夢中清醒。半夢半醒之間，哀傷的面容悄然浮現。同時間，他想起了當年，阿布曾在夢中向他道別。

收假當晚，熄燈就寢。許文哲進到了住艙，走到吳可風的床邊：「學長，郭宗名還沒回來。」

吳可風想起了那個夢，一聲長嘆：「唉！他不會回來了！」

許文哲沒將吳可風的話聽進去，還在自言自語：「真的很奇怪！在我們船上簽個留營，多當兩年兵，有這麼痛苦嗎？」

「別說兩年了，他一天都不想當。」

「他過兩天應該會回來吧？只要不超過三天，都不算逃亡吧！」

吳可風沒有回答，閉上了眼睛。許文哲得不到回應，默默走了回去。

吳可風躺在床上，想著過往。阿布和郭宗名的面孔再次浮現，奇異的夢境重新上演。他回顧這一切，心有所感：「這沒甚麼吧！有些葉子就是受不了風吹雨打。」「是啊！它們不過是提早離開了枝頭，回到地上。」

郭宗名果真「逃亡」了。雖然全船的人都知道他已經死了，卻只有幾個人知道他的死因。

兩天後的早上，吳可風上到了駕駛台。許文哲見了，走上前去，壓低聲音：「學長，早上集合時，輔導長把我叫到一旁，偷偷地告訴我：『如果有人問起郭宗名的事，記住，不要隨便亂講話。』」

「那種人賊的很，他只想撇清責任。」

「他還要我私底下告訴你們：『為了船上的士氣，這件事情就到郭宗名離開為止，不要再提起這個名字了，也不要再討論這件事情。』」

「這位長官只想置身事外吧！反正事情發生在休假期間，又是在營外。不過，郭宗名到底是怎麼死的？」

「聽官廳的傳令說：『郭宗名回家後和他爸爸大吵一架，然後一個人騎機車到花蓮。他後來在一個風景區的停車場收費室裡面燒炭了。』」

吳可風一聽，閉上了眼睛。

「還有，郭宗名的爸爸昨天來到船上。他對兒子跑到花蓮尋死很不爽，在官廳裡大罵：『船出海的時候跳下去就好了，做男人就要乾脆一點，幹嘛跑這麼遠！認個屍這麼麻煩，都要死了還來糟蹋！』他口無遮攔地亂罵，在場的長官聽得臉都綠了。」

吳可風沒有回答，心中暗歎：「唉！那一路上，不曉得郭宗名的內心是如何地掙扎！」

五、失府之神

在護衛艦服役了六年之後，吳可風調到了「戰車登陸艦」。這艘船的長度和護衛艦相仿，但是外觀完全不一樣。她的寬度明顯增加，因為甲板下方有個極為寬敞的坦克艙。登陸艦經常裝載軍需物資，從基隆、高雄出發，到金門、馬祖、東引，甚至是東沙、南沙進行各項補給任務。

一個冬天的黃昏，天空飄下了毛毛細雨，全船用過了晚餐，登陸艦由基隆港啟航。船隻出了港，朝西北方進發。十二個小時之後，天色逐漸明亮。吳可風打開艙門，走上甲板，只見：**一望無際寒風吼，波濤洶湧拍船頭，左搖右晃似水桶，正要橫渡黑水溝**。吳可風看了一會，回到飯廳吃早餐。一個小時之後，他又跑到甲板上。此時太陽浮出水面，視線越來越遠，水平線上兩座島嶼浮現。吳可風站在舷邊，眺望遠方，但見：**綠色丘陵多起伏，漁舟舢舨進又出，巨石陡坡相交錯，港口就在不遠處**。不久之後，船航向岸邊，駛入了航道，水面變得平靜無波，船隻終於進入港口，全體官兵各就各位，登陸軍艦靠近碼頭。忙碌之後，船靠在東引鄉中柱港的一號碼頭。

纜繩抛向岸上，依序套上纜樁；梯子放到地上，斜斜靠著甲板。點名之後，吳可風約了輪機隊的陳健志一起外出買酒。兩個人換上了運動服，走下階梯，離開港口。他們走在岸邊的小路上，準備前往商店聚集的地方。行進之間，一旁出現了一座小廟。陳健志轉身拜了兩拜。拜過之後，兩個人來到了「東引天梯」。他們踏上人工開鑿的石梯，在狹窄的陡坡前進。三十分鐘後，兩個人爬得氣喘吁吁，雙腿無力。他們找了一家商店進去歇息。午餐之後，兩個人沿街打聽高粱酒的行情。比價之後，一人各買了一打「陳年高粱」。兩個人提起沉重的酒瓶，走走停停，原路回去。他們走下了石梯，回到小徑。兩個人走得滿頭大汗，四肢無力，找了石頭坐下休息。

吳可風眺望港口，看見登陸艦就在前方一公里。此時此刻，船頭的兩扇大門已然開啟，進出船艙的跳板完全放平，綠色的軍車又出又進，陸軍的弟兄搬運物品。

吳可風：「如果這時候有人來幫忙就好了。」

陳健志：「別指望別人了，晚點回去也沒關係。」交談之間，前方出現了一名陸軍士兵。他穿著綠色上衣，低頭走了過來。吳可風趕緊提起酒瓶，裝出吃力的表情，彆扭地走了過去：「呼！這位老陸，可不可以找你幫個忙，幫我搬東西到船上。」

士兵眉頭一皺：「我姓劉，不姓陸，是卯金刀劉。」

陳健志聽了，摀嘴偷笑不停。

吳可風強忍笑意：「唔……這樣啊！這位劉先生，請問你……可不可以幫我搬個東西？」

士兵先看吳可風滿頭大汗，再低頭看向酒瓶：「好吧！只此一次，下不為例。」

吳可風內心竊喜，放下酒瓶。兩個人各提一邊，一個在前，一個在後，走回港口。沒多久，酒提到了碼頭。吳可風道了謝，上船回到住艙，將酒擺進櫃子。他回頭走下階梯，打算走回小徑，幫陳健志一起提。

行走之間，一旁有人大喊：「所有人都來集合！趕快集合了！完成集合後馬上啟航，準備反攻大陳！」

「你們這些兔崽子，沒聽到我叫你們集合嗎？要抗命是不是啊！」這聲音異常響亮，還帶著濃濃的口音。吳可風轉頭望去，看見了一個穿著綠色外衣的長者。這長者身材高大，一頭短短的白髮。他站在船頭之下、跳板之上，環視身旁，大聲嚷嚷：「你們是聾子是不是！待會兒蔣總統來了，我看你們躲哪兒去！敵前抗命的，全部都要槍斃！」吳可風越聽越納悶，愈看愈好奇。因為長者說得是有條有理，看起來一本正經，但身旁的士兵竟然理都不理，依然忙著自己的搬運。

「這位老兄到底是何方神聖？他到底在吼甚麼？」吳可風很想找人打聽。只見帆纜士官江國信站在不遠的地方，監看陸軍的搬運。吳可風走了過去，搗著嘴巴：「阿信，這個人是誰？他在幹甚麼？」

江國信瞄了長者一眼，壓低聲音：「那個人是他們的士官長，很久以前從大陳島撤退過來的。」

「那他的年紀應該不小了吧！他叫誰來集合啊？」

「那只是他自己在發神經，聽說他得了失憶症之類的。以前的學長說過：『這個士官長原本很正常，大約四、五年前才變成這樣。』每次我們的船到了，只要大門一開、跳板一放，他就跑來喊『大家趕快集合，準備反攻大陳！』」

「最近幾年才變成這樣？他是不是發生了甚麼事？」

「嗯，可能是吧！」

兩個人正在竊竊私語，士官長竟然朝著他們大喊：「那邊的海軍弟兄！你們過來一下！」

吳可風完全沒料到長者會跟他們說話。他一臉錯愕：「士官長，你在叫我們嗎？」

士官長：「就是你們！去跟你們的艦長說一下，待會兒完成集合，要立刻啟航，到大陳島搶灘，一定要奪回原本的陣地！」

吳可風聽得一頭霧水，不知如何回答。

江國信靈機一動：「報告士官長，沒問題！我們馬上去通知艦長。」

他說完朝吳可風使個眼色：「學長，你先假裝一下，做個樣子給他看，免得他不高興了，又鬼吼鬼叫的。」

「士官長請放心！我現在就去報告艦長！」吳可風一邊大喊，一邊離開現場。他頭也不回地走了。走了片刻，他看見陳健志坐在小廟前方的石椅上。

吳可風走了過去：「阿志，大門那裡有個陸軍士官長在發飆。」

「發飆？陸軍不是忙著下卸嗎？他飆誰啊？」

「待會你就知道了。他還叫我去通知艦長，說要準備啟航，到大陳島搶灘，奪回他的陣地。」

「到大陳搶灘？真的還是假的？」

「走吧！走過去看就知道了！」

兩個人一左一右，提著酒走回港口。不久後，他們來到了碼頭。此時跳板上人來人往依舊，卻沒了「趕快集合啟航」的鬼吼。

陳健志：「你剛說的陸軍士官長在哪？」

吳可風看了左右：「沒人理他，大概走了。」話剛說完，只見一頭白髮的士官長坐在沙灘上。他面向海洋，一臉茫然。

陳健志嘴角一撇：「你說的士官長是那個人嗎？」

吳可風：「就是他！沒想到他變得這麼安靜，不知道他還記不記得『通知艦長啟航』這件事情？」話還沒說完，士官長突然轉頭朝著他們看。

陳健志：「喂！他在看我們這邊了！是不是要叫你過去啊？」

吳可風發現士官長的眼神渙散、表情木然，心有所感：「應該不是！看他的神情，他應該搞不清楚自己在哪裡，也不知道自己在做甚麼。」

士官長果然甚麼都沒說，只是呆望。兩個人走過了船頭，上到階梯。梯子旁站著兩個軍官，一個是艦長，另一個是輔導長。兩個人見到了長官，左手提酒，右手敬禮。艦長、輔導長看看酒瓶，點頭回禮。

艦長：「電信班長，那個怪怪的陸軍士官長是不是還在船頭？」

吳可風：「是啊！他坐在沙灘上。那位士官長已經冷靜下來了，原本還一直嚷著，說要通知艦長啟航呢！」

艦長：「嗯！他是不是說要到大陳島搶灘，奪回他們的陣地。」

吳可風：「咦？艦長您知道了？我不久前經過，他的確是這麼說。」

艦長：「我們早上一靠岸，他們營長就派傳令來告知了。他說他們的營部裡，有個士官長曾經發生意外，所以意識狀態不太穩定，可能會在作業時跑來發號施令。」

吳可風：「發號施令？說得真貼切！不知這位士官長以前發生了甚麼事？」

輔導長：「上次我來東引時，和上任的艦長到指揮部拜訪主任。主任那時候告訴我們：『你們船在進行搬運時，會有突發狀況，但是你們不必感到緊張，也不需向任何人回報。』」

吳可風：「是『所有的陸軍馬上集合、海軍的弟兄準備啟航』這個狀況嗎？」

輔導長點頭：「正是！這位士官長最近幾年都是如此，只要有海軍的運補船隻靠岸，他就跑來下這個狀況。」

吳可風：「不知這位老兄經歷過甚麼不尋常的事？」

輔導長：「你說的沒錯，他真的出過事！一九五五年時，一批部隊從大陳島撤退，來到台灣，他是其中一個。他原本住在基隆，大概住了十年左右，之後申請調來東引。聽說他後來常常坐在海邊喝酒，一面喝酒，一面看著對岸。有人問原因，他就是搖頭不說，如果有人要陪他一起喝酒，他就會板起臉孔，把那個人趕走。」

吳可風：「這位老兄應該是想家不敢說，寧願自己一個人喝悶酒吧！」

輔導長：「是啊！五年前的一個夜晚，他獨自坐在海邊喝酒，後來颳起了大風，風勢朝著對岸猛吹。他認為時機到了，偷偷抱著一個沙拉油空桶跳進水了裡，游向另一邊。但是他的年紀大了，體力早已大不如前，也不知道他到底游了多遠，在海上遇上了甚麼，後來和空桶子一起被潮水帶回來了，沖到沙灘上。哨兵巡邏的時候發現了他。經過醫官的急救，他的性命是保住了，但他昏迷的時間過長，大腦因缺氧造成了部分細胞死亡，喪失了一段記憶。他現在的記憶大約停留在從大陳島撤退的時間點上。」

隔天早上，天還未亮，空氣冷得像冰箱一樣。寧靜之中高亢的笛音突然響起，全體人員起床，上到甲板準備點名。十分鐘後，人員到齊。當值官趁隊伍還沒解散，找了十個士兵出公差。公差分成了兩列，在舷邊兩側就位，準備收回階梯。昏暗之中，士官長悄然現身。他站在碼頭上，就在梯子旁。當值官見了他，靠著船邊的鋼纜，傾身大喊：「士官長，現在不可以上船啊！我們要收梯子了！」士官長沒有回答，一臉茫然。當值官看他沒有反應，下令收回階梯。眾人得了令，將鐵梯慢慢拉起。

士官長見梯子動了，一把拉住：「喂！你們先等一下！等會兒我哥哥就來啦！我們要搭你們的船出海捕魚啊！」只見鐵梯上也上不了、下也下不去，在空中搖過來、晃過去。眾人不敢強拉，卻也不敢鬆手。當值官看得臉色鐵青，趕緊拿起對講機，向艦長回報眼前的難題。僵持之際，不遠處出現了一隊陸軍士兵。他們跑到船邊，隨即解散。帶隊官跑到士官長的身旁；其餘六人各自跑向纜樁。帶隊官左手搭著士官長的肩膀，右手朝著甲板指指點點。士官長似懂非懂地點頭，終於放開了雙手。梯子終於動了，緩緩升上甲板。當值官鬆了一口氣，回報解除狀況。士兵紛紛就位，纜繩一一收回。不久之後，天色逐漸明亮，登陸艦出港返航。

六、心驚無依

六個月後，登陸艦離開基隆，重返左營。卸完油彈之後，船進入了第一造船廠，在此進行兩個月的定期保養。在此期間，只見：**陽光曬得甲板燙，隨處可見電火光；海上男兒敲鏽泡，技師工人來回跑；船底露出海蠣貝，甲板重描海軍徽**。

出廠之後，全船接受了一個月的基地訓練。完成之後，登陸艦離開了左營港，進入高雄港，靠泊在十三號碼頭。當天下午，船頭的大門開啟，進出的跳板放平，七輛戰車來到前方，依序進入坦克艙。到了晚上，吳可風和幾個士官換了便服一起下船，沿著愛河進入地下商場。一群人到處亂逛，進入了保齡球館，玩了許久才回船上。

次日早上，登陸艦啟航出港。隔天中午，船隻駛入了料羅灣。吳可風吃過午飯，走出艙門，上到甲板。他找個角落隱藏，準備觀看搶灘。此時水面有波無湧，前方灘頭淨空，灘後一片樹林，林中陸軍走動。登陸艦直線航行，朝著灘頭而去。不久之後，廣播器響起：「全體人員準備搶灘。」不到片刻，一隊穿著救生衣的士兵上到了甲板。他們走到船頭，排成了兩班。登陸艦加速前進，船尾傳來了大型機械運作的聲音。吳可風循聲走去，看見了一部灰色的絞纜機。只見江國信站在一旁，朝著士兵下達指令。巨大的絞機不停運轉，黑色的鋼纜越拉越長。鋼纜連同海錨落入水中，沉到水底。吳可風看得目不轉睛。登陸艦直線前進，灘頭越來越近，鋼纜不斷延長，海錨落到了海底。吳可風離開船尾，走至右舷。他靠在舷邊，想看登陸艦如何搶灘。走到一半，腳底下的甲板忽然升起！同時間，船底下傳來了摩擦的聲音！他正在驚疑，船隻嘎然而停！吳可風失去了重心，差點跌跤。定神一看，登陸艦果真搶上了沙灘！

收緊船尾的鋼纜之後，江國信來到了船頭。在他指揮下，士兵們拉著幾條纜繩來回走動。忙碌之後，四條纜繩拉出了船頭，穿過纜孔，越過沙灘，拉進樹林，綁得很緊。其中的兩條纜繩交錯而過。吳可風看得不明所以，來到船頭問原因。

「船必須固定，而且要和灘頭保持垂直的方向，這樣滿潮時才能順利地退下沙灘。」江國信簡單帶過。兩個人站在舷邊聊天，江國信說起了搶灘的細節。吳可風聽得不是很懂，只能點頭裝懂。

交談之間，陳健志走了過來：「等一下要不要一起下船買酒？」

江國信：「你們自己去，我還要處理事情。」

吳可風：「等你忙完了再一起去。」

江國信似笑非笑：「真的要等我嗎？等我忙完就甭去了。」

陳健志：「是啊！趕快走吧！潮水不等人。」

吳可風和陳健志離開了船頭，準備外出。江國信指揮士兵打開船頭的大門，將跳板放平。外出的官兵從戰車與牆壁之間的空隙走過，上到跳板，跳下沙灘。他們踩著濕軟的沙地，走出樹林。幾部計程車等在前方，放假的官兵上車離去。

大門指揮員在沙灘上就位，七輛戰車同時發動了引擎，艙內只是震耳欲聾的噪音。在指揮員的引導下，戰車一部接著一部開動，越過大門，穿過沙灘，進入林中。一個小時之後，最後一部戰車開上了跳板。它走至一半突然熄火了，現場頓時鴉雀無聲。車內的駕駛員嘗試發動，始終無法成功。指揮員見狀況無法排除，以無線電通知作業中心。一個小時後，三名陸軍士兵乘著吉普車來到了現場。第一個人揹著工具爬進了駕駛艙；另一人兩手空空鑽進了砲塔；還有一個站在坦克旁大聲嚷嚷。三個人折騰了一個鐘頭，終於找到了故障的原因，原來是一個繼電器燒毀了。由於現場沒有備用的零件，他們駕車離去。一個鐘頭又過了，他們帶著零件回到了現場。三十分鐘後，繼電器終於換好了。戰車重新發動，轟隆隆地開走，諾大的船艙變得空空蕩蕩。此時天色漸暗，潮水緩緩上漲。指揮員見作業的時機已過，通知指揮中心。經過協調，中心回覆：後續的裝載暫停，預計明日清晨執行。

不久之後，外出的官兵三三兩兩地回來了。他們脫了鞋子，涉水而走。部分人扛著整箱的高粱酒，幾個人提了一袋袋的貢糖。人員一一爬上了跳板，空中突然傳來了雷響。不僅如此，天色越來越暗，風勢不斷增強。強風由大門灌進了船艙，沿著通道吹進住艙。只見桌上的紙張到處飄散，牆上的衣服隨風擺盪，浴室的門板撞擊門框，洗澡的士兵探頭來看。江國信發覺事態異常，找了士兵收起跳板，趕緊將大門關上。風愈吹愈狂，雷越來越響，大雨傾盆而下，船隻左搖右晃。幾個士官坐在飯廳裡看著不甚清晰的電視，聽著啪答啪答的雨聲，還有轟個不停的雷響。嘈雜聲中，電話的鈴聲響起。吳可風走過去接聽，原來是軍官餐廳的傳令轉達艦長的命令：「請帆纜士官立刻到船頭來！」吳可風掛上電話，一字不差地轉達。江國信聽了臉色大變。他快速穿上雨衣，大步跨出水密門，踏著上樓的階梯。鐵梯被他踩得咚咚作響。上樓後，他使勁推開被風壓制的艙門，在狂風大雨中上到了甲板。只見船頭慢慢盪向了右方；艦長拿著手電筒站在前方；一截散開的斷纜掉在甲板上。

艦長見到了江國信，連忙招手：「班長趕快過來！你看，這條纜繩一定是被這陣風給吹斷的，我們現在該怎麼辦？」

「不只是風而已，還有預定的裝載沒執行。現在船的重量太輕，吃水太淺，偏偏又遇上了漲潮。船一直擺向右邊，這條纜繩最吃力，當然會被拉斷！」

「你說的沒錯！如果按照原訂的計畫，現在坦克艙裡應該有十部裝滿彈藥的大卡車才對。我已經叫輪機長趕快抽水到艙底，船的重量應該增加了。就怕風繼續吹，其它的纜繩也會斷，到了那個時候，船會不會坐上沙灘啊？」

「船頭已經偏了，現在朝著兩點鐘的方位，接下來右側的交叉纜最危險。如果它也斷了，我們可能會困在沙灘上！」

話剛說完，啪的一響！兩個人聽得心驚膽顫。艦長舉起手電筒照向右前方，兩個人看見了另一截斷纜。江國信滿臉驚慌：「艦長！照一下前面的沙灘！看看下面有沒有人？」艦長聽後臉色大變，快步走至船邊，將手電筒照向下方。江國信靠在舷邊，低頭大喊：「有沒有人在船頭底下？」只聽得雨滴打在甲板上，下方無人回答。兩個人這才鬆了一口氣。

艦長：「現在雨下得這麼大，下面應該沒人。」

江國信：「艦長，我們也別待在這裡，如果其它的纜繩也斷了，這邊的人可能會被擊中。對了！請您立刻下令：所有人員不得接近船頭甲板。」

艦長點頭：「我們走，一起到官廳研究。」

兩個人離開了船頭，沿著通道進入官廳。

進門之後，艦長指示傳令兵：「馬上通知航海當值，立刻進行安全訊息廣播，所有人不得上到船頭甲板。還有！找副艦長來開會！」交代完畢，艦長走至主桌，坐上主位。

「阿信班長，咱們來討論一下，接下來要如何應變啊！」

江國信皺著眉頭：「報告艦長，我上船六年多了，第一次遇上這種情形。」艦長聽了，面色沉重。兩個人無言以對，只是搖頭。門板忽然開了，一道黑影閃過門檻。原來是副艦長穿著雨衣進來了。他來到主桌，雙腿靠攏：「報告艦長，船頭已經偏了！兩條纜繩斷了！」

艦長：「這我知道，剛看過了。」

副艦長：「沒想到天氣說變就變，這陣風實在來得太突然了，連中午的氣象預報都沒提啊！」

艦長：「是啊！我和帆纜班長正在想辦法，現在外面的情況如何？」

副長：「雨快要停了，但風勢依舊強。另外，我觀察到風向正在改變，原本對著船頭，現在朝著右舷。還有，船頭從十二點的方位偏到兩點鐘方位了。」

江國信：「船頭越偏越遠，左邊那兩條纜繩隨時會斷。」

副艦長：「艦長！我們是不是該回報了，艦隊部應該會派遣兵力前來支援。」

艦長臉色一變：「不行！我們自己想辦法。如果現在請求支援，長官會說我們的應變能力有問題。」

副艦長：「帆纜班長，有沒有辦法讓船回到原來的位置？」

江國信：「很難！如果要恢復原位，一定要有支援。先讓船退下沙灘，然後重新搶灘。」

艦長：「我們需要哪方面的支援？」

江國信：「推土機啊！船已經整個偏了！我們無法自行退灘了！」

副艦長：「我們上哪兒找推土機？這還得上級出面啊！」

江國信長嘆：「唉！現在能平安脫困就很好了，請求支援也是逼不得已。」

艦長若有所思：「還是……我們別退灘了……想想辦法把斷掉的兩條纜繩重新拉回樹林裡綁好，然後拉緊船尾的後錨，讓船回到十二點鐘的方位，接著發動主機，讓船前進到原來的位置，最後再拉緊船頭的纜繩。」

江國信：「此事萬萬不可！現在船頭附近非常危險，接近不得。」

艦長臉色一沉：「江國信，你先回去休息好了，等我和副長研究之後，再決定下一步怎麼做。」

江國信無奈地離開官廳，回到飯廳。幾個士官正你一言、我一語地討論眼前的困境。

吳可風：「我剛才上去看了，船整個偏了，船頭那邊傳來了呀！呀！的怪聲。」

陳健志：「那是纜繩被拉到極限所發出的聲音。」

江國信：「已經有兩條纜繩斷了，如果風繼續吹，剩下的兩條遲早也會斷。」

吳可風：「如果纜繩被這樣強大的力量直接拉斷，被它擊中的人應該會殘廢吧？」

江國信：「被打成殘廢還算運氣好！幾年前，船上曾因纜繩斷裂發生過傷亡事件。那一天，我們出海進行雙艦科目的拖船與被拖操演。船隻就位時，風浪突然轉強，結果艦長指示大家繼續操演。開始時，前方的拖帶艦由船尾放出了一條兩吋纜，長度將近七十公尺。我們將纜繩從水面撈起，依照程序套上船頭的纜樁。演練接近結束時，一陣怪風猛然颳起，那條纜繩被拉得很緊，發出了呀！呀！的聲音。我驚覺不妙，放聲大喊：『繩子快要斷了！大家趕快閃！』說時遲、那時快，纜繩真的斷了！有個士兵正好站在舷邊，被回彈的纜繩擊中了胸口。只聽到他發出唔的一聲，隨即癱軟，躺在地上。他的口鼻一直冒出血來。我一看，趕緊跑去報告醫官。醫官一聽，跑回了醫務室，揹著急救箱到場。他解開士兵的上衣，看見異常凹陷的胸骨，臉色大變：『這是嚴重的內臟出血，必須立刻送往總醫院輸血。』我馬上衝到駕駛台通知艦長，艦長聽後立刻下令停止操演，緊急返港。我們還沒靠岸，救護車已經到了。但是來不及了，他在進港之前失去了生命跡象。」

吳可風聽得駭然：「有這麼嚴重！」

江國信：「別懷疑！兩吋纜一旦被拉斷，它的威力就是這麼可怕。我剛才報告艦長：『現在船頭附近非常危險，絕對不可以靠近。』結果他竟然對我說：『派人把斷掉的纜繩重新拉過去。』我直接告訴他不可以，但是他應該聽不進去。」

吳可風：「長官總是有自己的想法。還有，他們只在乎上級的看法。」

陳健志：「是啊！我們負責弟兄的安全就行了。」

江國信沒有回答，若有所思地看著天花板。

隔天清晨，廣播器傳來了用餐的笛音。士官一一走進飯廳，坐在自己的位子上吃早餐。吃到一半，江國信跨進了飯廳，朝著杯架走去。

吳可風：「阿信，一起吃早餐啊！喝水幹嘛？」

江國信看了餐盤一眼：「唉！我哪吃得下！從昨天颱風的那一刻起，我就沒有食慾了。」

陳健志：「難怪我整晚聽到上層甲板有人走來走去，那個人就是你吧？」

江國信一聲長吁：「呼！我一想到纜繩隨時會斷，根本就睡不著。副長天沒亮就跑來找我，叫我去找幾個士兵，到庫房搬兩條纜繩到船頭甲板。一搬完，他又走來告訴我：『早上八點集合，解散後重新拉上那兩條纜繩。』不久後，他又跑來說：『艦長指示了，中午前要讓船回到原來的位置，退潮之後進行原定的裝載任務。』」

陳健志：「他們真的要這麼幹？」

江國信：「唉！如果不照他們的指示，搞不好會說我抗命。真要照他們的意思做，到時候出了事情，倒楣的又是下面的士兵。」

吳可風若有所思：「如果那兩條纜繩隨時會斷……何不讓它早點斷？幹嘛要擺兩顆不定時炸

彈在那裡！它們隨時都會爆炸吧！」

江國信眼睛一亮：「你說的沒錯！與其讓它當個不定時炸彈，不如我自己找個時機引爆它。」

吳可風：「唔……我只是這麼形容，那畢竟不是炸彈。」

「這個容易，只要有一把太平斧就行。」江國信說完坐回自己的位子，拿起了碗筷吃起了早餐。飯後他又上到了前甲板。

八點過後，風勢漸息。此時海面上波光粼粼，天空中晴光朗朗。登陸艦不搖也不晃，四平八穩地坐在沙灘上，和潮水平行的方向。甲板上，部隊仍未解散，艦長對著全船訓話。副艦長看見風平浪靜，以為重拉纜繩的時機果然來臨。他來到船頭一看，發現僅存的兩條纜繩也斷了。奇怪的是，它們斷裂的地方看來相當整齊。部隊一解散，副艦長趕緊報告了艦長。艦長迫於現況，只好回報左營的艦隊部和當地的指揮部。地區的指揮官派遣工兵旅前來支援，兩部推土機隨後來到了現場。不僅如此，港務局也派了一艘拖船前來。江國信指揮士兵將那兩條纜繩從船頭搬到船尾，放了出去。隨後拖船將纜繩撈出了水面，套上纜樁。

到了下午，潮水上漲。艦長見時機已到，下令收回後方的海錨。絞纜機再次發出巨響，鋼纜一邊滴水，一邊回到船上。同時間，拖船奮力朝向外海進發。但見：**船長下令全馬力，煙囪狂噴烏黑氣，引擎發出怪聲音，水面渦流湧不停**。那兩條纜繩被拉得又直又長、滴水不斷、呀呀作響！另一邊，兩部推土機一齊推著船的左後方。三分鐘之後，海錨回到了船尾的固定架，拖船的引擎聲恢復了正常。然而，登陸艦還是在原來的地方！

隔天清晨，一艘拖救艦從左營軍港出發，四名造船廠的鐵工技師被派到船上。一大早，這艘船出現在料羅灣的海面上。另外，金防部的工兵旅增派了兩部挖土機來到現場。到了中午，潮水退去，兩部怪手開至登陸艦的尾端，一斗又一斗地挖去船尾下方的泥沙。忙碌之後，兩面黃澄澄的俥葉露了出來。四名技師搭著小艇來到了沙灘，揹著工具箱爬到俥葉下方。兩天後的早上，巨大的葉片終於被卸下。當天下午，俥葉被吊至登陸艦的甲板上，拖救艦同時放出了一條巨纜。粗如大碗的纜繩拉到了登陸艦前方，套在船頭的纜樁上。同時間，登陸艦將所有的油水全數卸下。兩天後正是最大潮的夜晚，十級強風從陸地吹向了海洋。時機一到，海水緩緩上漲，救難艦收緊巨纜。纜繩越拉越緊，登陸艦終於離開了沙灘，搖搖晃晃地重回海上。

七、福兮禍所寄

禍兮福所倚，福兮禍所寄，否極泰將來，泰極還生否。

與護衛艦相比，登陸艦不僅出海的時間較短，執行的任務也相對簡單。因此，吳可風在此過著愜意的海上生活。然而，悠閒之日沒人嫌多，轉眼之間三年已過。清明後的某天早上，登陸艦進入了高雄港，靠泊在旗津造船廠，準備進行年度大修。開工當天，吳可風接到了一通電話，原來是一位退了伍的學長打給他。這個人就是電機士官張國泰。張國泰與吳可風相識甚久，兩個人甚至是二度同舟。當年吳可風調離護衛艦時，張國泰請他到家中吃飯，做為歡送。沒料到兩年後換吳可風請張國泰到馬公吃海鮮，當做接風。因為張國泰也調到了登陸艦，正好和吳可風同一個單位。張國泰報到時船停在澎湖的測天島，他上船之後沒有多久就退伍了。張國泰在電話中告訴吳可風：「老弟，好久不見，我們六點準時碰面，一起到阿萬海產吃個飯，其它的事見面再談。」

吳可風掛斷電話，想起了接風那天張國泰曾經對他說：「當士官沒搞頭啦！幹這麼久了，一個月加一加才領三萬出頭，現在拿五十萬出來買股票，一個星期就可以賺三萬了。」當時吳可風臉上假裝驚訝，心裡卻把它當成「神話」。那頓飯從頭到尾幾乎都是張國泰一個人在說話，然而他別的都不說，只說自己何時買了哪支股票，後來這股票讓他賺了多少，或是他哪支賣得太早，因此少賺了多少。吳可風當時聽得無趣，回問一句：「學長在護衛艦待了九年多，為何要離開？」張國泰聽得臉色發白，說不出話來。因為他調職的原因正是為了股票。

張國泰是一名電機士官，當值的部位在船底的輪機艙，但他為了收聽股票即時報價經常擅離職守，大搞失蹤，還為此被記了幾支小過。後來有位艦長實在受不了，將他調走。艦隊部有位主管人事的長官是張國泰的表親，他知道張國泰玩股成癮，不買不行，所以將他調至登陸艦。因為登陸艦的任務單純，常靠碼頭。接風之後沒多久，張國泰真的打了報告申請退伍。他拿到退伍令的當下，還意氣風發地告訴吳可風：「老弟，現在股票真的很好賺，早點退伍吧！我的退伍金拿來買股票，每個月起碼可以賺六萬。」那時候吳可風聽得半信半疑，但是他沒有繼續打聽。

四點三十分，廣播器響起了收工的笛音。吳可風看完了施工現場，回到住艙。他洗澡後換上運動服，直接走出營區。走沒多久，來到了海產店門口。只見一個身材略胖、極為眼熟的男子迎面而來。此人臉孔雖然眼熟，衣著打扮卻沒見過。吳可風見張國泰穿著西裝，打了領帶，故作驚訝：「學長，你穿這樣我還差點認不出來！和以前完全不同！」

張國泰靦腆起來：「別這麼說，出社會當然不同！我剛開始也覺得不習慣，還是連身工作服好穿。」

「學長現在做哪行？穿的人模人樣。」

「這是我的名片，多多指教啊！」

「財源國際投資公司金融專員！這甚麼名堂？」

「哎呀！金融專員就是讓你賺錢的好夥伴！來！裡面坐，今天我請客。」

兩個人進到店內，走至櫃檯。阿泰拿出千元鈔，買了十張點餐券。兩個人將餐券換成一碟碟的海鮮、豬腳、雞肉、水果。十盤菜餚擺滿了一張靠牆的餐桌。盛飯之後，兩人就坐。

「可風，吃不夠再買，別客氣。我跟你說，我們財源公司最近正在擴充規模、召集股東，越早加入的獲利越豐厚。」

「學長，你不是自己在做股票嗎？怎麼會跑到投資公司、變成金融專員？」

「股票我也有買，但股市已經不像以前那麼容易賺錢了。現在入股我們公司又穩又好賺，我大部分的資金都擺在投資公司。」

「投資公司？是不是利息很高的那種銀行？」

「沒錯！利息非常高，比一般的銀行高了好幾倍。這麼說吧！如果你拿十萬元入股投資，每個月可以領回六千元的利息。」

「真的嗎？如果拿一百萬出來投資……那每個月不就領回六萬元！」

「對！拿出一百萬元入股，每個月可以領六萬元，領一輩子。前提是本金都不能領回，領走就沒利息了。」

「我現在一個月的薪水才三萬五，還差兩萬五。」

「你如果現在辦理退伍，應該可以領到五十萬的退伍金！再加上你這些年的存款，湊到一百萬應該沒問題吧？」

「學長，你自己放了多少錢在投資公司？應該不只一百萬吧！」

「唉！就是一百萬而已。都怪我自己太貪心了，之前股市從最高點跌下來，我都捨不得賣，賺的錢都吐回去了，否則我至少有一百五十萬的資金可以投資。」

「一百五十萬！那每個月可以領九萬元耶！」

「每個月領九萬，一年多就回本了，以後領到的都是純利息。」

「學長，本金會不會出問題？」

「放心！有問題找我！」

「真的妥當嗎？」

「唉呀！要是你不相信，下個星期天早上到鳳山體育館來，我們公司準備在那裡辦投資說明會，到時候有很多人到場，會有人證明我說的不假。」

幾天後，張國泰帶領吳可風進入了鳳山體育館。他們在人群中找到了第三排的座位。聽了幾位投資人的說明之後，吳可風砰然心動。「退伍後就回台中，先和阿祥一起住，分租他的小公寓，再找個適合的工作。」他打起了如意算盤。

王祥是吳可風的異姓弟兄，國中畢業後當了水電工。他先在水電行當學徒，退伍後繼續從事配管拉線的水電工作。他一直住在台中，水電行就在他租的公寓附近。當晚，吳可風在電話中告訴王祥退伍的想法，王祥問吳可風要不要一起當水電工。吳可風聽了覺得可以嘗試看看，於是趁著休假的時間，隨王祥跑了幾天工地，實地了解水電工的工作情形。經過三天的見習，吳可風對工地混亂的環境、工人間的互動感到不適應，於是打消了當水電工的念頭。「反正每個月有六萬可以領，做甚麼工作都沒關係，就算不做也可以。」在張國泰的慫恿之下，他還是提出了退伍申請。

⚓ ⚓ ⚓ ⚓ ⚓ ⚓

三個月後，吳可風提著行李走出了左營軍區。張國泰的車子就在大門外等著。兩個人上車，來到了聯勤收支組。吳可風單獨下車，走至櫃檯，拿出退伍令，領出退伍金。他帶著支票回到車上。車子開走，來到了財源國際投資公司高雄分公司的門口。車子停妥，他們進入大廳，排在隊伍之後。手續辦妥，吳可風將存摺放進行李。離開之後，張國泰送吳可風到高雄火車站。吳可風搭上列車，準備返回台中。火車啟動，窗外的景色一路向後。列車加速，眼前的影像奔馳而過。吳可風一邊看著飛逝的景色，一邊回想當初從軍的過程、十年的海上人生。

回鄉之後，他每天看報紙找工作。他應徵了行政助理、業務助理、倉庫管理、行銷人員、總務人員、空調維護員、品管檢驗員、機械操作員這些工作，但是沒人肯用。因為他沒有民間專長，只有機車駕照，除了到工地做工之外，似乎只能到工廠當作業員，或者是守衛保全。但是他沒有意願。幾次碰壁之後，他連報紙都不買了，整天看電視、打電動。王祥覺得不妥，勸他去學開車、考駕照，至少可以去送貨。吳可風聽後照做。然而當他拿到了駕照，卻打消了送貨的念頭。因為他說自己對台中的道路不熟，根本送不了貨。王祥聽了，無話可說。

這一天，吳可風帶著存摺，進到財源公司台中營業處，請櫃台小姐幫他登錄。本子取回，吳可風看了傻眼。因為最近兩個月的入款竟然變成了四萬元！

他硬著頭皮：「小姐，不是每個月都領六萬嗎？」

小姐一臉無辜：「詳細的情況我也不太清楚，聽說以後會補。」

回到公寓之後，吳可風找出張國泰的名片，撥了電話。

「領四萬元也很好，金融投資不可能一整年都賺大錢，公司獲利不好時會發少一點，等獲利回升了，公司還會照發六萬元。」張國泰說得理所當然。吳可風也覺得有道理，沒有追問到底。

然而，接下來的幾個月，戶頭總是匯入四萬元。

「反正比退伍時的薪水還多！」他自我安慰。

一天晚上，施高山來到了公寓，找吳可風、王祥敘舊。他在一家工程公司當技師，專門從事不鏽鋼製品的設計與施工。施高山得知吳可風找不到工作，當下邀他到自己的公司打工。因為他們公司最近接了建設公司的大案子，迫切需要人手。吳可風答應了。他搬到施高山的宿舍，做起了鋼管裁切、毛邊打磨、搬運材料的臨時工，一做就是一年多。

某天傍晚，吳可風回到公寓拿東西。進門之後，他看見餐桌上放了一封信，原來是退輔會寄來的職訓課程和就業訊息。吳可風拿起來仔細翻看，見到了「大客車駕駛訓練班」幾個字，頓時興起了當巴士司機的念頭。他馬上填了報名表，隔天投入郵筒。兩個星期之後，上課通知寄來了。吳可風辭了乏味的「臨時工」，搬回小公寓，又是整天看電視、打電動。

王祥當兵時有個要好的同梯，叫做「阿昌」。阿昌從陸軍步兵旅退伍後便回到了彰化老家。王祥一直想找阿昌，到他家參觀溪湖地區最大的養鵝場。趁著吳可風還沒去職訓中心報到的空檔，兩個人找了一個星期天，搭火車來到了員林，接著轉乘客運。巴士離開了市區，來到了溪湖鎮，他們在一間媽祖廟的站牌下了車。廟門邊有一座公共電話亭，王祥走了進去，投下硬幣。電話說完，兩個人進入廟裡，坐在樹蔭下等車。二十分鐘後，阿昌開著一部深藍色的小貨車來了。貨車停在凳子旁，兩個人躍上了車斗。車板上放著五張小板凳，他們一人坐一張。小貨車噗噗地開出了廟門，兩個人坐在車板上，觀看兩旁的景色。眼前盡是古老的三合院、低矮的水泥屋、斑駁的紅磚牆。貨車經過一所國小、一座長橋、幾片水稻田、幾座曬穀場，來到了空曠的地方。只見水池一面接著一面，白鵝一群又是一群。鵝的叫聲吵得不得了，空氣中飄著阿摩尼亞的味道。車子左轉彎，進入了一座柵欄，一間銀色的貨櫃屋就在前方。小貨車停在門口，吳可風、王祥跳到地面上。兩個人隔著鐵絲網，看著寬廣的養鵝場。只見數以萬計的白鵝分散各方：有的低著頭啄食草料，有的彎脖子整理羽毛，有些站在水邊拍翅膀，還有幾隻悠游水面。

阿昌下了車，進入貨櫃屋，出來帶著飲料。三個人一邊喝飲料，一邊沿著鐵絲網散步。走了半圈，他們來到了水池旁。不遠處，一隻大白鵝由池中游到了岸上。牠搖搖擺擺地走向他們。阿昌見鵝來了，停下腳步。鵝晃到阿昌的前方，展開一對翅膀。阿昌面帶微笑地看著牠。鵝一邊揮動翅膀，一邊嗝嗝亂叫。吳可風、阿祥看得丈二金剛摸不著頭腦。兩人正感茫然，白鵝起步走，繞著阿昌轉。

王祥：「阿昌，這隻鵝是不是看上你了？」

阿昌：「這不是普通鵝，牠是大名鼎鼎的『溪湖神鵝』！」

吳可風：「牠真的神了！牠脖子下繫了一條紅繩子，還有一個香火包！」

王祥：「溪湖神鵝？難道牠有甚麼特異功能？」

阿昌：「那條紅繩有來歷喔！是我媽媽去廟裡替牠求的平安繩。晚上你們就知道了，到時候就知道牠哪裡神了。」

王祥：「晚上就知道了？為甚麼？」

阿昌：「現在說不清楚，晚餐時再說。這裡沒啥好玩的，我們先去海邊逛逛，順便挖些蛤蜊回來。」

三個人又上了小貨車，來到芳苑的海灘。車子停在岸邊的小路旁。三個人提了水桶，握著耙子走下沙灘。此時日漸西下，天色說亮不亮，海水緩緩退下，沙地愈來愈廣。他們用耙子碰觸沙中的蛤蜊，再將蛤蜊放進桶子裡。海水愈退愈遠，三個人挖的範圍隨之擴大。他們挖得專心，遠離了下車的地方。不知不覺間，太陽西邊墜下，天色逐漸變暗。

阿昌放下桶子，扭動身子：「好了！挖這些應該夠吃了。」

吳可風直起身子，轉動脖子：「是啊！再繼續挖下去，連走回去的力氣都沒了。」

王祥早就在休息了。他看兩個人不挖了，才走至吳可風身旁：「你挖那麼多喔！我的腰好酸，早就想回去了。我看你們兩個挖得那麼起勁，只好一直站在這裡。」吳可風望向陸地，想要估算回程的距離。但他看了老半天，卻瞧不出小貨車到底停在哪裡。

王祥：「往回走了吧！」

吳可風：「我們從哪走來的？你看得出來嗎？」

阿昌、王祥聽了，一起看向遠方。三個人站在寬廣的沙灘中央，望著連綿不絕、景色一樣的岸上，看著天色越來越暗。阿昌：「我也看不見小貨車，走過的痕跡都消失了。」

王祥：「會不會找不到車子啊？」

阿昌：「放心啦！車子又不會自己跑掉，別走進海裡就行了。」

吳可風：「先往岸上走吧！」

三個人走往陸地的方向。不久之後，天色全暗，他們終於回到了小路旁。王祥站在馬路中央，東張西望：「這裡不是走下沙灘的地方啊！小貨車在哪？」

阿昌走向一旁：「你們往左邊走，我向這邊走，看到車子就大喊吧！」吳可風和王祥只好摸黑行走。走沒幾步，他們聽到了阿昌大喊。很快地，車子開過來了。兩個人上了車，三個人回到了養鵝場。

阿昌的父母出現了，在貨櫃屋裡等著。他們還準備了幾疊熱炒、一鍋鵝湯、一箱啤酒。阿昌清炒了貝殼，擺到桌上。五個人在貨櫃屋裡吃晚餐。一個鐘頭後，眾人酒意正酣，肚子略撐，心情舒暢。阿昌放下碗筷，走進一間小房。他從房內推出了一只黑色木箱，再將一本厚重的簿子遞給了王祥。原來木箱是一部移動式伴唱機，簿子是一本點歌本。阿昌將伴唱機的插頭插上，按下開關。吳可風和王祥將歌本翻來翻去卻點不出個所以然。阿昌見了，點了一首台語歌，曲名叫〈愛拚才會贏〉。他拿了一支麥克風給王祥，兩個人一起合唱。唱沒多久，歌聲停了，只剩間奏。屋內安靜了許多，屋外卻傳來鵝的叫聲。轉頭一看，一隻大白鵝站在鐵絲網的正後方。牠拍著翅膀，張開嘴巴。仔細一看，鵝的脖子上繫了一條紅繩，正是阿昌提過的「溪湖神鵝」。阿昌見到此鵝，走出貨櫃屋，推開鐵網門。門開了，白鵝大搖大擺走進屋子，來到伴唱機的正前方。阿昌回屋後示意阿祥繼續唱，兩個人又拿起了麥克風盡情歡唱。

怪事發生了，白鵝揮動翅膀，繞著阿昌打轉。不只如此，牠還邊走邊叫。阿昌的爸媽笑得開心，拍手附和。歌唱完了，鵝的動作也停了。牠收起翅膀，盯著阿昌。阿昌走到冰箱前方，從裡面拿出了一個塑膠袋。白色的袋子看起來鼓鼓的。阿昌來到鵝的前方，從袋子掏出一把嫩草，放在地上。白鵝見著青草，彎下脖子吃個精光。

阿昌一臉得意：「我說的沒錯吧！牠會跟著我們一起唱歌跳舞，是不是一隻神鵝啊？」

阿昌的爸爸點頭：「是啊！我們家養鵝十幾年了，從沒看過這麼有靈性的鵝啊！」

吳可風、王祥聽了四目相望，不自覺地跟著點頭。

三天後，吳可風又帶著存摺來到了財源公司。領錢後，他將本子取回，瞄了明細一眼。「最近一個月的入款竟然只有兩萬元？」他以為自己看走眼了。結果不是，數字正確！櫃台的小姐又換人了，後面還排了好幾個客人。吳可風只好忍住不問。回到了公寓，他撥了張國泰的電話號碼。張國泰接了，還是說了同樣的話。儘管無奈，吳可風選擇將煩惱拋到了九霄雲外。他一心等著職訓課程，還幻想自己通過了考試，成了一名巴士駕駛。

兩天後，吳可風來到了桃園，參加期待已久的職業訓練。不知不覺間，一個月過去了。這天早上，他通過了測驗。繳了照片之後，他與教練、學員道別，搭車返回台中。下車之後，他做的第一件事就是買報紙。隨後他搭上了公車，詳讀徵人啟事。一回公寓，他打電話到三家客運公司，爭取面試。

「你之前開過哪些車？前後跑了多久的時間？」接電話的小姐總是這樣問他。

「我剛通過考試，駕照下個星期會寄到，還沒有正式上路。」他老老實實地回答她們。

「哦！你先留下電話號碼，公司考慮之後再回你電話。」三家公司給了一模一樣的答案。吳可風覺得不太樂觀，又聯絡了榮民服務處，詢問有無巴士司機的職缺。

「你剛拿到駕照啊！沒問題，如果有廠商來詢問，我們會優先通知你，請你留下聯絡地址和電話。」那端的先生如此回答。

「說得這麼流暢，應該只是應付應付吧！」吳可風掛斷電話，心中暗想。

隔天早上，吳可風致電三家遊覽車公司。他得到的答覆還是一模一樣！接下來，他每天看電視、打電動、等電話。他度過了一生中最漫長的兩個月。「沒有客運公司會僱用沒經驗的司機吧！還是先找其他工作好了。」他覺得希望渺茫。

這天早上，電話突然響了，吳可風衝去接聽。

「你是吳可風嗎？這裡是偉成公司。」

「咦？偉人嗎？」

「是偉成，成功的成。你不是想來面試嗎？」

「喔！偉成交通公司，沒錯，請說。」

「要通知你明天到公司面試。」

「好的，沒問題！謝謝妳！」

吳可風小心地掛上電話。之後他搬出桌下的舊報紙，找到了偉成交通公司的地址。接下來，他打電話給王祥和施高山，問他們知不知道這家遊覽車公司。兩個人隨後詢問了公司的同事，結果沒人聽過這家交通公司。那一晚，吳可風躺在床上，不停猜想：「這公司的規模如何？老闆是個怎麼樣的人？其他的司機前輩好不好相處？我以後會跑哪些車趟？以後每個月大概可以領多少？」他整夜都沒睡，躺著胡思亂想。

天終於亮了，他起床買早餐。王祥也起來了，坐在客廳等吃飯。吳可風在隔壁買了兩份蛋餅、豆漿。兩個人吃完了早餐，共騎機車一起出發。王祥載著吳可風，來到了水電行。車子停下，王祥讓出前座：「摩托車給你騎去應徵，知道往哪騎吧？」

「應該騎得到吧！找不到再問別人！」吳可風急得很。他說走就走，衝往大肚山的方向。二十分鐘後，他來到了偏僻的地方。眼前不是高聳的甘蔗園、玉米田，就是綠油油的水稻田、蔬菜園。吳可風看著農村的景象，漸感徬徨，不禁懷疑自己是不是迷路了。雖然他把偉成的地址記得牢牢的，卻不知道自己騎到哪裡了。他早想尋個路標，卻始終看不到。

「會不會找不到啊？要不要找個人來問？」他放鬆了油門。猶疑之間，一個穿著汗衫的中年男子出現在正前方。他頭戴斗笠，蹲在田裡，彎腰鋤草。吳可風騎了過去，停車大喊：「大哥！請問一下，你知不知道偉成交通公司在哪？」

農夫直起身子，指向後方：「偉成喔！你騎過頭了！必須往回走，往前騎到……第二……不是，是第三個路口轉向右手邊就對了，轉彎後在下一個路口轉左，然後你會看見一排圍牆，再往前騎一下，就會看到這家公司的大門。」

儘管農夫說得有些模糊，吳可風卻是記得一清二楚。他道謝後調頭就走。經過兩個轉彎之後，眼前果然出現了一排淡綠色的鐵皮圍牆，再往前，一座紅色的推拉門就在圍牆之間。鐵門沒有完全關上，中央留了通道。吳可風停在大門前方，駐足觀看。只見紅色的鐵管上有兩個褪了色的黑字：偉成。

「沒錯！就是這了！」他放下了心中的大石頭。他騎過門口，見到整片停車場鋪滿了碎石子，不遠處有一棟三層樓的灰色建築，左邊停了三部淺藍色的舊巴士。建築兩側種了整排樹，門口停了一列機車。吳可風來到屋前，將機車停在最右邊。車子剛熄火，一個身形略胖、短髮斑白的老伯從角落走了出來：「少年的！你是不是來應徵司機的？」

「是的！公司的小姐通知我來面試。」

「公司叫你來的喔！那你直接進辦公室就好了。」

老伯說完調頭就走，進到了一間毫不起眼的小平房。吳可風推開鋁門，進入辦公室。一個寬敞明亮的空間映入眼簾：偌大的室內沒有隔間，也見不到一根柱子；屋內約有八十多坪，一位小姐站在後面掃地；左邊排了五張辦公桌，一位說著電話的婦人坐在最後；後方擺了一張神明桌，桌上放著兩盞紅色的燈火；右邊有張會議桌、幾張靠背椅、一張小茶桌。一個理著平頭、穿了汗衫的中年人坐在那邊泡茶。吳可風看中年人眼神迷濛，臉色泛紅，知道他之前喝了酒。中年人嗝了一聲，抬起頭來：「少年的，有甚麼事？」

「你好，我是來應徵的。」

「你來應徵司機的喔？」

「是的，我叫吳可風，昨天有位小姐通知我來面試。」

中年人拿起茶海，將茶水倒進茶杯。倒至一半，他將身體歪向一旁。噗的一聲，他身下傳來了屁響！吳可風面無表情，裝作鎮定。他憋住呼吸，想像酒味和屁味如何混在一起。中年人拿起茶杯，輕吹水面，啜飲一口：「剛拿到駕照啊？還沒正式上路吧？」

「是的！希望有機會在這裡學習。」

「你要先跟車，先跟幾天看看，如果我們覺得你沒問題了，才可以讓你自己一個人出車。」

「我是不是明天開始跟車？」

「下午再跟你聯絡，先回去等通知。」

「請問一下，我先跟長途的？還是短程的？」

「嗯……像你這種沒經驗的司機，先從校車開始跟，跟一段時間之後，再跑短程的車趟。等有了足夠的經驗，才有機會開長途的。」

「請問，是哪間學校的校車？」

中年人看向說電話的婦人：「應該是霧峰高中的校車吧！」

婦人一聽，用手掌蓋住話筒：「你要跟校車就要早一點來，不要耽誤學生的上課時間。」

吳可風：「應該的，請問我幾點來停車場？」

婦人沒有回答，繼續說她的電話。

吳可風感到茫然，傻傻地望著她。

過了好久，婦人終於掛斷電話。她拉開抽屜，低頭找東西：「你要跟車就要儘量早點來，如果來的太晚，沒跟到是你自己的事。」

吳可風聽得不明不白，一臉無奈。

中年人哼了一聲：「妳是在說啥！人家問妳幾點來跟車！你就直接說幾點到停車場！不要說那些別人聽不懂的！」

婦人轉過頭來：「我哪知道校車幾點出發！」

中年人皺眉：「妳不知道？那妳叫他早點來！」

婦人板起臉孔：「新司機要學的事情很多，當然要早點來。」

中年人又哼了一聲：「妳連校車幾點出發都不知道，派甚麼車！」

婦人一臉不悅：「我等一下去問守衛不就知道了！」

中年人：「還問甚麼？我告訴妳：校車都是五點半出發！知道了嗎？」

「五點半出發，我知道了。」吳可風趕緊插話。

婦人：「你最好四點半就來，出發前要檢查車子，還有車內的清潔狀況。」

吳可風：「我知道了，四點半就來停車場。」

中年人拿起香菸，叼在嘴邊：「對啦！早點來學車輛檢查，司機出車前都要檢查車子的油、電、水，還要看看輪胎有沒有氣。」

他將香菸點燃，吸得煙管發亮，接著吐出白煙。

婦人臉色難看：「你有沒有抽菸、吃檳榔啊？開校車不可以在車上抽菸、吃檳榔！」

吳可風斬釘截鐵：「我沒有！」

中年人：「沒有最好，你可以走了，明天不要遲到。」

隔天早上四點半，吳可風來到了停車場。紅色的大門竟然完全關上了！不僅如此，下方還鎖了一條鐵鏈。鏈子繞過兩側的鐵管，從裡面鎖上一付機車大鎖。

「大門晚上都關著、白天才會留一道出入口吧！咦？不是叫我四點半來嗎？怎麼還鎖著？」

吳可風感到納悶，將頭燈照向了停車場。光線穿過鐵管，照見整排的遊覽車，還有那棟三層樓的建築。

「要不要按喇叭叫人來開門？唔！這不妥！第一天就催別人來開門，這樣會讓人覺得很不爽吧！反正我要跟的校車五點半才會出車，先在這裡吃早餐好了，等一下應該有人來開門。」他將引擎熄火，架好車身，掀開座墊，拿出了豆漿、三明治。他在夜色之中吃起了早餐。吃完之後，他雙手交疊，趴在儀表板上閉眼休息。

休息不久，他覺得手臂發麻。正想起身，遠方傳來了雞啼聲。他看了手錶一眼——05:05。

「真夠怪了！明明超過五點了，那個跑霧中的司機怎麼沒來？也沒見到其他的司機？連守衛老伯都不來開門？這到底是怎麼回事啊？」吳可風看著漆黑的停車場，心底冒出了幾個問號。他想繼續趴著休息，但是手臂麻個不停，索性離開了座椅，沿著鐵皮圍牆走去。走了一小段，他來到甘蔗園。此時天色微亮，微風吹得枝葉擺盪，甘蔗發出了沙沙的聲響。吳可風停下觀看。不知不覺，天色已亮。吳可風低頭一看——05:25！他驚了一下，快步走回停車場。眼前的大門依然緊閉，鐵鏈還在門的下方，但是一個黃色的身影出現在辦公室的前方。吳可風朝他揮手，喊了一聲。那人見了，走向門口。一個中等身材、膚色黝黑的大叔走了過來。

他皺著眉頭：「少年的！你要找誰？」

「我是新來的跟車司機，公司叫我四點半來停車場。」

「是誰叫你四點半過來？你要跟誰的車？」

「昨天早上我到公司面試，坐在最後的婦人對我說的。她說：『四點半到停車場來，要學車輛檢查。』她叫我跟霧峰高中的校車，車子五點半出發。」

「五點半出發？胡說甚麼！粗魯強六點以後才會出車。」大叔邊說邊搖頭。

他從口袋拿出鑰匙，蹲在地上開鎖：「你先進來裡面等，除非有緊急狀況，不然大門都是五點半才開。」

「好的，五點半才開大門，謝謝，我知道了。」儘管吳可風嘴巴向他道謝，心裡卻是罵聲連連。

大叔推開了鐵門，拾起地上的鐵鏈：「你先到守衛室等，粗魯強六點以後才會進來。」

「守衛室？是那間小平房嗎？」

「對啦！不然是哪！」

吳可風進到了守衛室。眼前是一個三坪左右的小空間：左側擺了一張舊桌子，桌上有部飲水機；牆邊有幾張小凳子，牆面上掛著車鑰匙。鑰匙幾乎掛了半面牆壁。吳可風坐在板凳上枯等。

天色已亮，終於有幾部機車進入了停車場，停在辦公室前方。司機陸續進到了守衛室，拿起牆上的鑰匙，走向外面的巴士。吳可風頻頻向「學長們」點頭打招呼，但是進門的司機們卻是視若無睹。因為他們知道坐在那邊呆笑的人一定是個新來的。吳可風一邊傻笑，一邊猜想哪個才是粗魯強。疑惑之間，一個戴著黑框眼鏡的司機進門了。他取下鑰匙，露齒一笑。

「咦！這就是粗魯強？」吳可風高興了一下。

正想發問，此人一個轉身，出門走了。

「這個應該不是！哎呀！霧中的校車會不會已經走了啊？」吳可風略感不安。

「對了！剛才那位大叔應該是夜班的守衛吧？昨天看到的老伯一定是白天班的。唉呀！到底哪個才是粗魯強？哪部車才是霧中的校車啊？」他越想心越煩。接著下來，沒人進門。吳可風心中猜疑不定，低頭再看——06:10！他再也坐不住了，只想問個清楚。一出守衛室，只見大叔從大門跑了過來，同時間，一輛黃色汽車開進了停車場。汽車從大叔身邊疾駛而過，經過了守衛室門口，衝向辦公室後方。

大叔跑得氣喘吁吁：「少年的！粗魯強來了！你要跟的司機來了！」

「粗魯強來了？開計程車的那個？」

「你懷疑喔！粗魯強上下班都是開計程車。」

「那是他的交通工具？」

「不只！還是賺錢的工具。」

吳可風恍然大悟：「我知道了！下班兼差開計程車。」

大叔臉色一沉：「這個粗魯強不會給新司機好臉色，要跟他的車沒那麼簡單。」

吳可風聽出了話中有話。他想問個所以然，大叔卻暗示他閉上嘴巴。他不解其然，回頭一看，見到一個三十多歲的人從辦公室後方跑了過來。此人面色非善，邊跑邊喊：「發哥，早啊！」他喊完後跑進了守衛室。

大叔看他拿了鑰匙就要走，急著大喊：「粗魯強！你稍微等一下啦！這個少年的要跟你的車。」儘管大叔喊得很大聲，此人卻頭也不回地跑了，跑向一部淺藍色的巴士。

大叔：「少年的，你快一點上車！粗魯強要走了！你要跟他的車，手腳就要快一點。」

「我知道了！謝謝發哥！」吳可風跟著跑了。

巴士的引擎發動了，車門還沒關。吳可風快步上車。粗魯強擺著一張臭臉坐在駕駛座上，吳可風硬著頭皮站在他的後方。粗魯強趁吳可風還沒站穩，猛踩油門。巴士忽然暴衝了！吳可風向後一盪，跌得踉踉蹌蹌。粗魯強一看，暗中偷笑。吳可風拉住扶手，就近坐下。他知道粗魯強故意整他，但是他只能隱忍不發。粗魯強按下了開關，車門砰地關上。校車開出了停車場，飛馳在狹窄的道路上。

「不是說出車前要檢查油、水、輪胎嗎？」吳可風看著窗外飛逝的景色，想起了昨天早上的對話。

「先別管這些了，趕快把經過的路段記下來吧！」他拿出紙筆，簡單描繪附近的地形。巴士的速度很快，轉眼間進入了市區，經過了逢甲學院，來到一家戲院。行駛之間，三個短髮女生站在路邊。她們穿著白色上衣、藍色長裙，前面兩個看來矮小，後面那個長得很高。三個人站在車牌下方，舉起手來。阿強見了，急踩煞車。底盤下傳來了刺耳的摩擦聲，巴士隨即靠向路旁，停在站牌後方。車門打開了，神情不悅的女學生踏上了車門，高個女生最後一個上車。

「司機大哥，你又晚了，今天慢了二十分！」她邊走邊抱怨。

「放心啦！不會遲到啦！」粗魯強愛理不理的。他說話的同時，吳可風聞到了宿醉的酒味。女生走至車子後段，坐在倒數第二排的座位上。粗魯強關上車門，推了排檔桿，轉動方向盤。他邊按喇叭邊開車，紅燈亮了照樣闖。只見前方的汽車加速離去，一旁的機車趕緊閃避，路上的行人一臉擔心。

「難怪叫他粗魯強！」吳可風看得提心吊膽。

「司機大哥，這是校車，不是救護車！」高個女生又說話了。

粗魯強沒有回答，繼續狂按喇叭，但是校車不再闖紅燈了。接下來，巴士在一座公園、一家便利商店、一家早餐店對面停了車，十幾名學生陸續上車。校車隨後來到了北屯區，經過一所高職的大門。

「這樣來得及嗎？能讓學生準時到校嗎？」吳可風有點擔心，低頭一看——06:45。之後校車進入了太平，又有七、八個學生上車。緊接著，巴士來到大里，停了兩站。車廂內越來越吵了，還有三個同學站在走道上。

粗魯強轉頭過來：「喂！你不要一直占著位子，起來讓位給學生，免得客訴記在我的頭上。」

吳可風聽了趕緊起身，繞過站著的學生，走到巴士後段。司機後方一個位置空出來了，三個人卻繼續站著。

「沒有人要坐在那裡聞你的酒味好不好！」吳可風覺得不是滋味。

沒多久，校車來到了霧峰鄉，轉入霧峰高中的大門。進門之後，吳可風低頭又看——07:28。他想起了擔心遲到的高個女生。轉頭一看，她坐在原來的位置上閉眼休息。

校車停在廣場中央，學生們排隊下車。車廂又空了，只剩兩個人。巴士離開學校，穿越市中心，回到大肚山，進入停車場。停妥之後，粗魯強跑走了。他衝進守衛室，掛回車鑰匙，跑向計程車。吳可風看著匆匆離去的粗魯強，想起了發哥早上說過的話。

「還要繼續跟他的車嗎？」他的內心七上八下。

「嗯！再跟幾天吧！不然要幹嘛！」他打定了主意。

此時發哥已經下班，換成老伯當班。老伯斜坐椅子，看著一本簿子，還戴起了老花眼鏡。吳可風感到奇怪，走去看個明白。仔細一看，只見雙雙對對的阿拉伯數字寫滿了整本簿子。老伯看了吳可風一眼，摘下眼鏡：「你今天跟霧中的校車啊？那個粗魯強有沒有跟你說甚麼？」

「沒說甚麼，除了叫我讓座給學生。」

話未說完，計程車急駛而過，衝向了門口。

老伯看得搖頭：「你看！跑公司的校車就遲到，開自己的計程車就急得很。」

「他下午還會到學校接學生放學吧？」

「他當然還要載學生回家，不然你開嗎？」

「我是沒差啦！放學的路線應該和上學一樣吧！」

「對你來說沒差！但是老闆一定有差！他不可能讓沒經驗的司機一個人開車。」

「我也是這麼想。粗魯強都趁這段空檔去開計程車吧？」

「開校車賺的錢不夠他花啦！他有兩個老婆、兩個小孩要養。」

「他娶了兩個？」

「對啊！不然他每天衝進來、殺出去為的是甚麼？他有兩個老婆，第一個生了女兒，第二個生下兒子。」

「他娶了兩個？唔……他是不是太閒了？」

「你懂甚麼！那叫做『有本事』！對了，是老闆叫你跟他的車吧？」

「老闆？昨天在辦公室面試我的人是老闆？」

「不是老闆還會是誰！坐在那邊泡茶的人正是老闆，另一邊的就是老闆娘和會計小姐。」

「喔！對了，他們昨天叫我四點半就來停車場，還說出車前要檢查油、水、電，還要看輪胎有沒有氣。」

「去！檢查個屁啦！粗魯強跑車都快來不及了，哪有可能檢查車！你真的四點半就來了？那時候大門都還沒有開哩！」

「對啊！我從四點半就在門外了，等到五點半才看到發哥。我在門外對他招手，他看到我才打開大門。」

「喔！我問你一件事，你要不要繼續跟他的車？」

「我想……應該跟吧！」

「那你六點進來就可以了，粗魯強六點以前不可能進到停車場。」老伯說完又戴上了眼鏡，繼續看那本寫滿數字的簿子。

隔天早上，吳可風準時六點進到停車場。計程車果然在六點零八分出現，還是飛也似地衝向辦公室後方。粗魯強依然匆忙地跑進守衛室拿鑰匙，一連數天皆是如此。吳可風和粗魯強之間完全沒有對話，一路上，粗魯強魯莽地開校車，吳可風欣賞沿途的景色。幾天下來，吳可風對校車的行駛路線、學生的乘車地點早已了然於胸。他一邊看著學生上車下車，一邊幻想自己單獨出車。

半個月後的某天清晨，吳可風在守衛室裡坐著等。沒有多久，計程車飛馳而過。吳可風以為粗魯強會像往常一樣跑著進門。結果不是，粗魯強走過來了。他進門後也不拿牆上的鑰匙，在那裡左瞧右看。

「老兄，附近又沒其他人，不拿鑰匙找甚麼？」吳可風看得疑惑。

他正覺得奇怪，粗魯強走了過來：「少年的，你跟了那麼多天還要跟嗎？路線還不知道嗎？」

吳可風愣了一下：「路線我都清楚了，但是小姐叫我這陣子都跟你的車。」

粗魯強臉色一變：「那你就慢慢跟吧！跟一百年也輪不到你來接車！」

粗魯強說完拿起鑰匙走了。吳可風看著他的背影，猜想他話中的含意。正想著，發哥走進門：「粗魯強是不是叫你別跟了。你別理他，趕快上車就對了。」

吳可風聽了，趕緊出門。校車還在格子上，車門還是打開的。吳可風快步上車。巴士依然在路上橫衝直撞，學生像往常一樣陸續上車。三十分鐘後，巴士來到了太平，停在十字路口等紅燈。吳可風看見一旁的速食餐廳，心想讓座的時間到了。他像往常一樣走到車廂後段。綠燈一亮，巴士起步了。它雖然起步了，速度卻是慢得很。

「開得這麼慢，這老兄又是哪根筋不對勁了？」吳可風心中納悶。疑惑之際，後方的引擎竟發出了高速的運轉聲！奇怪的是，巴士卻在十字路口龜速前進！全車的人悶不吭聲，只聽到粗魯強忿忿地：「馬的！離合器壞了！有夠倒楣！」

「就是載到衰人才會變成這樣！把大家都帶衰了！」他按了警示燈，一邊咒罵，一邊停車。巴士慢慢地停在速食餐廳的正前方。學生們擔心會遲到，你一言我一語地發牢騷。車廂變吵了，整個鬧哄哄的。

粗魯強看著照後鏡，大聲吆喝：「喂！跟車的！你去打電話回公司，跟他們說校車的離合器壞了，趕快派車過來支援。」

吳可風正要下車打電話，卻想起了自己沒帶公司的電話號碼。他支支吾吾：「唔……公司的電話……是甚麼號碼？」粗魯強從照後鏡瞪了他一眼，接著在儀表板上敲了兩下。吳可風上前一看，板子上果然有一組號碼。他拿出紙筆抄下。粗魯強開了車門，他趕緊下車。餐廳門口正好有一具公共電話，他跑了過去，投下硬幣，撥了號碼。會計小姐接了電話：「喂！這裡是偉成交通公司！」

「小姐！我是跟車的司機吳可風。跑霧中的校車拋錨了，在太平的速食餐廳，開車的粗魯強說離合器壞了，車子跑不動了。」

「是喔！你先等一下。老闆！霧中跟車的司機打電話回來，他說車子在太平的速食店那邊壞了！」

「吳可風，你等一下，電話不要掛，老闆要跟你說話。」

停了片刻，電話那端換成了老闆：「喂！車子怎麼會壞？你們出發前沒有檢查嗎？」

吳可風被問得不知如何回答。他想了一下：「嗯……那個粗魯強說：『昨天檢查過了，今天不用檢查。』」

「鬼扯！每天都要檢查！你不知道嗎？」

「我知道！出車前都要檢查。」

「車子哪裡壞了？」

「粗魯強說『離合器壞了』，他把油門踩到底，但是車子幾乎無法前進。」

「對啦！那就是離合器打滑了，你們車子在哪？太平的速食店嗎？在那裡等一下，我馬上派車過去。」

吳可風掛斷電話，回到車上。車內變得靜悄悄地，滿車的學生看著他。

吳可風面向他們：「公司要派另一部車子過來，等一下就到了。」

粗魯強：「你有沒有跟老闆說離合器壞了？」

「有！老闆知道離合器打滑了。」

粗魯強看著手錶：「等一下支援的車子來了，我和學生一起搭車，你在這裡等阿財他們，等車子修好了，再開回停車場。」

「你說的阿財是誰？」

「就是修車的啦！」

四十分鐘後，一部外觀相似的巴士停在校車前方，一個理平頭、穿汗衫的男人走下車門。粗魯強看見老闆自己開車過來了，臉上一陣青一陣白。老闆走了過來，站在門前。粗魯強趕緊按下開關。車門開了，老闆卻不上車。他望著粗魯強，臉色難看。

粗魯強不敢看他，轉身大喊：「支援的車子來了！趕快去坐好。」

學生們魚貫下車，走上前方的巴士。粗魯強離開駕駛座，低頭跟著。吳可風坐上駕駛座，看著他們上車。走了一群人，沒人下車了。

老闆：「你看一下後面，車上還有沒有學生？」

吳可風回頭一望：「沒人了。」

「你在這裡等修車的師傅，等他們把車子修好，再開回停車場。」

「好的！沒問題！」

老闆轉身離開，走了兩步又轉回來。「對了！你們到底有沒有檢查車子啊？離合器要壞了都不知道嗎？」他滿臉的疑問。

吳可風聽後面有難色。他想著粗魯強每天來去匆匆的模樣，很想老老實實地回答，但是他又不想粗魯強找他的麻煩。

「哦……原來離合器也要檢查啊？不檢查會打滑啊？」他索性裝傻。

老闆聽他答非所問，一時也傻了。「對啦！知道每天都要檢查了吧！我要走了，你在這裡等！」他也不想問了，只想上車走人。

校車終於開走了。吳可風打開收音機，調整頻率，搜尋歌曲。他一邊聽歌，一邊等人。許久之後，一輛白色的廂型車開過來了，兩個一身污漬的技師開門下車。他們帶著幾件機具走過來，走回去，在引擎室下方爬進來，爬出去。經過了二十分鐘的走來走去、敲敲打打，新的離合器壓板總算換上了。兩個師傅收拾了東西，上車離去。

吳可風終於正式上路了，但是車上沒有其他的乘客。他全神貫注地開車，就像當初在教練場考駕照一般。巴士穿越了市區，回到大肚山，進到停車場。前進後退了好幾次，巴士總算停進了格子。吳可風擦去汗水，拉上煞車，走下車門。他繞了車子一圈，確認有無超出停車格。正看著，老伯走了過來：「你自己開回來喔！停個車停那麼久。」

「呼！我還是個菜鳥，沒辦法。」

「停這樣子，還可以啦！」

「不知道公司甚麼時候會讓我接車？」

「公司不會讓剛拿駕照的司機接車啦，你慢慢等吧！」

「粗魯強也是這麼說！但是，如果不讓我接車，那我到底要跟到甚麼時候？」

「我跟你講啦！公司找你來跟他的車，就是要讓他知道，隨時有人等著接車。我這麼說，你懂不懂啊？」

「照你這麼說……公司本來就不缺人？」

「公司就愛來這套，只要有司機不守規矩、老講不聽，就會找新司機來跟他的車。其實啊！是要讓這些司機收斂一下，別出狀況。」

老伯說完走進了守衛室，留下吳可風一個人在原地發楞。吳可風看著空曠的停車場，自問來此的原因、跟車的目的。還沒得到解答，他又想起了粗魯強早上說過的話。他越想越迷惘，愈想愈徬徨。

「還是聽聽老伯的看法吧！」他朝著守衛室走去。走到一半，老伯跨出了門口，進到一旁的廁所。吳可風依然進到守衛室等老伯。五分鐘後，老伯終於走出了廁所。吳可風以為老伯會回到守衛室，結果沒有，老伯進到了辦公室。吳可風坐了下來，繼續等待。他看著牆上的鑰匙，心中暗想：「按照老伯的說法，不論我跟了多久，公司都不會讓我接車，是這樣子嗎？」許久之後，一部巴士進到了停車場，停在車格上。司機進了守衛室，掛回車鑰匙。吳可風看著他騎上機車，揚長而去。

「唉！先回公寓再說吧！」他無奈至極。

當天晚上，王祥加班，吳可風到隔壁吃拉麵，回來包了一碗。進門之後，他將麵擺在桌上，把自己關在房間。他還在思考要不要繼續跟車。不久之後，王祥進門，打開電視，邊看邊吃。電視正在播放頭條新聞。看到一半，王祥大喊：「可風！你要不要出來看電視，新聞正在報導地下投資公司的事情。你存在那裡的錢可能要出問題了！」

吳可風探出頭來：「應該不會吧！阿泰學長說過：『媒體每隔一段時間就會出來炒投資公司的新聞，說它們資金週轉不靈，可能會倒閉。』他說那些都是危言聳聽，不要相信。」

王祥：「這次不一樣！我告訴你一件事情，我們公司的阿源也入股地下投資公司。今天下午，有人打電話給他，叫他趕快去把錢領回來，他聽了馬上跟我們老闆請假，跑到投資公司辦理出金。他到了現場才發現，大廳裡等著領錢的人竟然多到數不清，他甚至不知隊伍從何排起，想插隊也插不進去。他在那裡耗了一個多小時，直到投資公司的主管出來宣佈：所有的現金已經被提領光了，過幾天才有新的資金進來，請投資人離開。」

「真的嗎？他入股哪一家？」

「和你同一家！都是財源投資公司。」

「是嗎？怎麼可能！」

「你趕快來看！財源投資公司已經宣佈停止出金了。明天起，他們要關閉各區的營業處，想辦理出金的投資人只能等待通知。」

吳可風衝進了客廳，見到電視上你推我擠，一群人滿臉焦慮。他腦中一片空白，幾乎無法站立。

王祥一臉擔心：「你要不要緊？要不要坐下？」

吳可風退至沙發，撐住扶手，緩緩坐下。

王祥：「你最好再打電話給你的學長，問清楚到底是怎麼回事吧！」

吳可風回房找出了張國泰的電話號碼。電話撥通了，嘟了老半天，卻是無人接。再試兩次，還是如此。

王祥：「你那位學長會不會跑路了？」

「應該不會，我晚點再打。」

「你的一百萬會不會拿不回來啊？」

「他向我保證沒問題。」

「看起來很有問題！」

「我明天再打，打去公司找他。」

「如果公司沒人接怎麼辦？」

「那……我就去他家找他。」

「這麼多錢啊！會不會拿不回來啊？」

吳可風聽了，回房找出存摺。他計算這兩年下來自己一共領了多少利息。數字出來了：五十萬元。當晚，他躺在床上，不停猜想：「阿泰學長還在投資公司上班嗎？他會不會連家都搬了？去他家找他有用嗎？我的錢究竟會怎樣？全都拿不回來了嗎？」他滿腦子想著要回本金，把跟車這件事情忘得一乾二淨。

隔天一早，粗魯強進到了守衛室。他知道吳可風沒來跟車，志得意滿地告訴發哥：「看到了沒有？我精心設計的潑冷水戰術奏效了！那個跟車的打退堂鼓了！」

發哥冷冷回答：「阿風今天可能有事，明天應該會來。」

粗魯強臉色一怔：「發哥，我敢跟你保證，他再也不會出現了。」

吳可風將近天亮才睡著，醒來的時候已經八點半了。他趕緊下床，撥了高雄財源公司的電話號碼。雖然有位小姐接了電話，卻告訴他張國泰三個月前離職了。吳可風立即出門，搭上南下的火車。一路上，他還是繼續胡亂猜想。等了好久，列車終於開進了左營站。吳可風下車後徒步走至左營大路，接著鑽進了小巷，來到張國泰的家。張家的大門吳可風明明走過十多次了，此時竟然變得異常陌生，因為門板上寫滿了歪七扭八的字！靠近一看，盡是咒罵仇人、發洩不滿的用詞，被罵的人正是他的學長。吳可風一邊看著充滿怒意的字句，一邊思考這件事情的前因後果。回想之間，他和張國泰同在護衛艦服役的情景在腦中浮現。吳可風想起了上船報到的第一天。那天，阿強帶著他去找住艙班長，班長將他分配到前段住艙，睡在張國泰的下層舖位。張國泰年長他四歲，已經在船上待了一年。兩個人雖然睡在同一間住艙，但他們的專長完全不一樣，一個是船底的電機士官，一個是艙面的電信士官。儘管值班的部位全然不一樣，他們躺在床上時卻是無所不談。兩個人喜歡在熄燈之後聊天，隔著床板說天南地北，毫無忌諱地討論船頭船尾，聊到半夜一兩點是常有的事。透過聊天，張國泰得知了吳可風的身世。從此之後，他經常邀吳可風到家中吃飯、看電視。不僅如此，每次吳可風告別時，張國泰的父母都會叫他「下次再來」。吳可風想著當年，心中慨然：「算了吧！都是自己貪圖小利！這件事怪不了學長！」他轉身離去。

火車進入台中站時天色已經黑了，吳可風方才想起自己沒有去跟車。「忘了就算了！跟了也是白跟！」他終於想通了。他以為老闆會叫小姐打電話問他為何沒跟車，公寓的電話會因此響個不停，事實上電話一聲沒響，壞了一樣。因為偉成公司從上到下只有粗魯強和發哥兩個人知道他沒有來跟車。進入公寓之後，王祥問他結果如何。「算了！」吳可風說得淡然。王祥一看，沒有再問。兩個人坐在沙發上看著電視新聞。

看到一半，王祥想起了吳可風沒去跟車：「咦？你今天沒去，有跟公司請假嗎？」

「沒有，以後也不去了。」

「為何不去了？」

「他們不會讓剛領駕照的司機接車，跟了也是白跟。」

「再過十天就是月初了，領完薪水再看吧！」

「我不在乎，搞不好不會給。」

「跟車的司機沒薪水嗎？」

「不知道，沒有問。」

「別太老實了，容易吃虧的。」

「我只是每天坐車，怎麼好意思問有沒有薪水。」

「所以我說你太老實了，你在車上坐著就是工作的一部分。」

「算了吧！是我自己要跟的。」

吳可風又變得無所事事了。他早上看報紙，下午打電動，晚上看電視，週一到週六皆是如此。

一天晚上，王祥接到了阿昌的電話，原來阿昌想到台中逛百貨公司。他說彰化沒有百貨公司，但是他很想去見識見識。王祥答應了，相約星期天早上在火車站碰面。這一天，吳可風、王祥來到了車站，坐在出口處等著。不久後，阿昌出現了。三個人沿路逛進了百貨公司。他們搭著手扶梯，一層逛過一層。上到了最頂層，阿昌已經看得眼花繚亂，三個人走得兩腿發軟。短暫休息之後，他們搭電梯下到地下室，進入了美食廣場。阿昌看見速食餐廳，直接走了進去，原來他也沒吃過漢堡、炸雞。午餐之後，三個人上到五樓，進入電動遊樂場。他們在那裡玩到傍晚。走出百貨公司時，天色已經昏暗。阿昌看見天晚，打算告別回家，王祥看見了一間麵攤，叫阿昌吃飽了再走。三個人走進店內，找了位置，一一點餐。等麵之時，老闆打開了電視。畫面上正是禽流感持續擴散的新聞。阿昌看了頻頻搖頭，吳可風卻想起了神鵝：「阿昌，你們家那隻『溪湖神鵝』最近好不好啊？」

阿昌長嘆一聲：「唉！牠被殺了！」

王祥一臉詫異：「被殺了？怎麼可能！牠不是你們家的寶嗎？」

阿昌：「去年你們離開鵝場之後，很多鵝得禽流感死了。後來縣政府農業處派人到鵝場進行防疫，把所有的鵝都撲殺了。」

王祥：「兩三萬隻鵝全殺了？連神鵝也殺了？不會吧！」

阿昌又嘆氣：「唉！如果一開始就把牠也殺了，我們鵝場就不會這麼倒楣了。」

王祥：「你們鵝場究竟發生了甚麼事？」

阿昌：「鵝場第一次進行撲殺時，我們瞞著防疫人員將牠帶離，藏在家裡。後來又重養了一批幼鵝，這批鵝也健康地長大了。誰知道，到了準備出售的時候，牠們竟感染了同類型的禽流感。」

吳可風：「怎麼會這麼倒楣？鵝場沒有徹底消毒嗎？」

阿昌：「都照規定徹底消毒了，而且檢疫人員都說沒問題。」

王祥一臉不解：「既然徹底消毒了，那鵝怎麼又被感染？而且還是同樣的病毒。」

阿昌再嘆氣：「唉！我老實告訴你們吧！都是被那隻鵝害的，感染源就是那隻神鵝。鵝場進行第二次撲殺時，我們又偷偷地將牠帶回家。等到新養的幼鵝又長大了，我們再度將牠放回鵝場。後來第三度爆發禽流感，我才驚覺這鵝有問題。我趁著爸媽不在時，將牠載到農業處，請檢疫科檢查。兩週之後，他們證實了神鵝正是禽流感的病毒帶原者。」

八、神無所歸

三天後的早上，公寓的電話響了。吳可風放下報紙，接了電話。

「喂！吳可風先生在嗎？這裡是台中市榮民服務處，有事情要通知他本人。」

「我就是吳可風，請問有甚麼事？」

「嗯……事情是這樣子的……你是吳聲的家屬吧？」

「吳聲?他是我爸爸啊!但是他去世很久了。」

「這個我知道,有件事情必須讓你知道。昨天早上,彰化縣花壇派出所的員警通知我們,他說:『轄區內偵破了一起竊盜案,有一名嫌犯偷了很多骨灰罈,現在所有的贓物都搬到派出所了。依照規定,他們必須一一通知失主到場領回骨灰罈。』」

「去派出所領我爸爸的骨灰罈!有人跑到納骨塔偷別人的骨灰罈?」

「是的!詳細的情形我們也不太了解,因為嫌犯家裡所尋獲的罈子,全都來自花壇鄉軍人公墓,所以承辦的員警直接抄下罈上的姓名。他們聯絡了服務處,希望我們透過檔案,查出家屬的名字,一一通知,領回失物。」

「花壇鄉派出所嗎?我知道了,我明天就去領,謝謝。」

隔天早上,吳可風來到了花壇派出所。他走進大門,向值班的員警說明來意,同時將身分證擺在桌上。員警低頭看了證件一眼,拿出名冊一一比對。吳可風瀏覽了室內,看見左側有間寬敞的辦公室,三個警察坐在裡面看電視。

很快地,員警找到了名字,核對了吳可風的身分,朝著辦公室高喊:「阿吉!這個是吳聲的家屬,你帶他到倉庫領罈子。」

一個胖胖的警察轉頭過來:「吳聲的家屬喔?」

吳可風舉起手:「是的,我就是!」

警察招手：「吳聲的家屬跟我來吧！」吳可風進入了辦公室，隨著警察走出後門。兩個人穿過垂著氣根的榕樹，走過佈滿枯葉的草皮，來到了一間大倉庫。倉庫的大門沒有上鎖，警員推開厚重的鐵門：「這些東西照規定必須鎖在失物室裡，但是數量實在太多了，也稱不上貴重物品，所以都擺到倉庫了。」門開了，地板上果然放滿了骨灰罈。

吳可風看著地上，暗暗估算：「這裡起碼有上百個罈子吧？」

警員向右一指：「隔壁間還有！比這裡還要多，所有的罈子加起來是三百零五個。」

吳可風一臉駭然：「偷了三百多個骨灰罈！這個人到底想幹甚麼？」

警員走進隔壁房，按下牆上的開關：「這個竊賊告訴我們：『還差六十個』。他原本想湊足三百六十五個哩！」

說話間，日光燈亮了，一座三呎寬、十呎長的置物架靠著牆。架子共有三層，每層都鋪著木板，最上層擺了幾個紙箱，地板放了幾只木箱。中央兩層和三分之一的地板上果真擺滿了骨灰罈！罈子有的黑、有的白又黃，部分圓形，其餘四方。它們共同的特徵是灰塵，罐蓋上都積著厚厚的灰塵。吳可風和警員分頭尋找吳聲的罈子。看了幾十張發黃的照片之後，吳可風總算看到了許久不見的面容。

「就是這個！」他喊了出來。

「嗚！」警員發出了如釋重負的呼聲。「厚！我跟你說，我這幾天和好幾個家屬在這裡找罈子，每天都看了好幾個小時，晚上睡覺的時候，只要一閉上眼睛，這些臉就一直出現在腦袋裡，真的很傷腦筋！」他邊走邊說，邊說邊搖頭。

吳可風被他逗得發笑：「哈！哈！長官，不知道是你想念他們，還是他們懷念你啊！」

警員笑出聲：「呵！呵！最好都不要！嗯！把罈子拿好，我們趕快出去，到辦公室簽名。」

吳可風搬起沉甸甸的罈子，兩個人由原路走回，進入了辦公室。警員坐回椅子，拿出領取的本子。

吳可風放下罈子，簽了名字：「這個人為何要偷這麼多骨灰罈啊？」

「唉！這是一場悲劇，都是酒後開車造成的。」

「酒後開車？這和偷骨灰有甚麼關係？」

「你聽我說！偷罈子這個人就住在附近，他是個七十多歲的退休公務員。車禍發生在一年前，大約早上五點鐘。那天，他像平常一樣，和妻子到附近的學校運動。他們在操場走了幾圈，之後離開校園，準備原路走回。兩個人在十字路口遇上了紅燈。綠燈亮了之後，他們看了左右，確定兩邊沒有來車。妻子先走上斑馬線，他跟在後面。那時天色有點亮，路燈都熄了，兩個人走著，一輛黑色轎車衝向了他們。車子的速度快到令人難以想像，而且沒有煞車，直接撞上了婦人！他看見妻子被撞，整個人嚇傻了！轎車撞人之後衝出了馬路，飛上人行道，撞上學校的圍牆，發出了一聲巨響。學校的守衛聽到了，前來察看，見到牆邊有輛車子側翻，綠色的冷卻水流了一灘。走近一看，車子前方的玻璃破了一個大洞，一個神情古怪的婦人躺在駕駛座。守衛無法理解眼前的景像，轉身看向後方。他看見一個人站在斑馬線上，上前詢問。然而不管他怎麼問，這個人就是不回答，失了魂一樣。守衛發覺此人正是每天到學校運動的退休公務員，喊了一聲。這個人雖然被喊醒了，卻說不出一句話。守衛看他反應失常，將他拉到一旁，回到守衛室打電話。報警之後，守衛回到了車禍現場。他看著婦人，終於想起了她就是退休公務員的妻子。守衛想爬進去救她，卻擔心被玻璃劃傷，於是朝著婦人大喊。婦人始終沒有反應。喊了幾次之後，婦人的嘴角流出血來！守衛驚覺婦人當場死亡，全身發軟，癱坐地上。這個時候，我們和救護車同時抵達。我一下車就看見守衛坐在事故車前方，將他拉到一旁。急救員爬進車內，拉出了婦人。沒想到她的身體下方還有一個人。此人滿臉是血，鼻樑歪斜，渾身酒味。這個醉漢正是肇事車的駕駛！這對夫妻真的很倒楣！當時天色微亮，他們走在斑馬線上。轎車的頭燈沒打開，朝著兩人衝了過來。婦人被車子高速衝撞，飛向了擋風玻璃。那片玻璃受不住重壓，瞬間破裂。玻璃和婦人一起撞向了肇事者。這個人臉部受創，雙手離開了方向盤，車子因此失去控制，衝出道路，撞上學校的圍牆。他的臉被玻璃劃傷，鼻樑被撞斷，被婦人壓在底下。我們將他送醫進行抽血檢查，結果他體內的酒精濃度竟然高達 1.33！」

「後來呢?這退休公務員如何去偷骨灰罈?」

「後來守衛恢復精神了，告訴我們婦人的先生就在現場。我走到他的身旁，問他車禍的經過。他的內心受到重創，話說得不清不楚，無法描述整個過程。這個案子讓我們很困擾，因為婦人當場死亡，肇事人不知當時的情況，現場也沒有監視器的影像，也找不到其他的目擊證人。後來，為了製作當事人筆錄，我拿了現場的照片讓他看。在我們的引導之下，他終於想起了車禍的過程。那一份筆錄我們花了三個月才做完。自從妻子過世，他整個人都變了，早上不去國小運動，成天在附近遊蕩。我們問他是不是需要幫忙，他總是搖頭不答。後來啊！他偷偷地跑進國軍公墓的納骨塔，幾乎每天都去，從塔裡搬走一罐罐的骨灰罈。」

「他為何要擺三百多個罈子在家啊？」

「唉！這件事說起來還真是怪。上個月軍人公墓的管理員通知我們，說有三百多個骨灰罈不翼而飛了。我們一組人穿了便服，在公墓門口埋伏。第一天傍晚，我們看見他鬼鬼祟祟地進了塔。片刻之後，他抱著骨灰罈出來，放到機車的踏板上。我們沒有驚動他，跟著他離開了納骨塔。他騎著機車回家，來到騎樓下，打開鐵捲門，抱著罈子進門。我們見機不可失，衝進去大喊：『別動！我們是警察！』你知道嗎？他非但沒有受到驚嚇，反而開口問我們：『警察？你們有甚麼事嗎？』我問他為何要偷別人的骨灰罈，結果他回答：『這是為了讓過世的妻子在陰間有些同伴。』」

吳可風心有所感：「陰間的同伴……這是在夢中告訴他的吧！」

警察眼睛一亮：「真被你說中了！正是妻子託夢給他！他說妻子過世之後，為了每天祭拜她，他將妻子的骨灰罈放在家中的地下室。一天晚上，妻子來到夢中，對他說了一些話。她說自己在陽間突然死亡，陰間沒有屬於她的地方，但她的肉體無法復原，所以不能由陰返陽。她的靈魂被夜叉驅逐到一個與陰間隔絕的地方，她感到非常孤單，希望他想想辦法，找些陰間的同伴陪她。」

「結果他找了三百多個！會不會太多了？」

「多得離譜了！他知道軍人公墓有很多骨灰罈，趁著無人進出時跑進了納骨塔。他見到很多罈蓋上鋪著厚厚的灰塵，知道這些罈子沒人清理，帶回家應該不會引起注意。他第一天就偷了兩罐，隔天又搬了六罐。他將偷來的罈子圍著妻子的骨灰罈，沒想到幾天後妻子又來到他的夢中，又說自己還是很孤單，因為那八個同伴露個臉就消失了，沒有一個留下來跟她做伴。他只好繼續偷骨灰罈。後來，他似乎搬上癮了！一到黃昏就想去納骨塔，看看有沒有鋪滿灰塵的罈子。直到有一天，他發覺地下室沒有空間了。他清點了罈子，總數將近三百個。他知道不能毫無限制地搬，於是設定了三百六十五個當做目標。我們當時進到了地下室，看見整個空間放滿了罈子，不論是地上，還是架子上，到處都是層層疊疊的骨灰罈，那個景象啊！我們兩個人看得頭皮發麻，全身起了雞皮疙瘩！」

「如此說來，酒駕真是害人不淺啊！」

「對了！你算是被害人之一，關於本案……你想提告嗎？」

「提告?告誰?」
「告偷骨灰的人啊!」
「算了吧!我又沒有損失,罈子放哪都沒差!」

九、失得無門

吳可風將父親的罈子搬回公墓,回到公寓時已經八點二十五分了。王祥正在客廳看電視,吳可風說了所見所聞。王祥先是聽得一愣一愣,之後回了神:「你沒有工作才有時間處理這個,換作是我,可能放到忘了。」

「工作我也想找,就是找不到。」

「我看,你先去跑小貨車好了,很多快捷公司都在應徵司機。」

「跑小貨車?我拿的駕照是職業大客車耶!」

「我知道!你想想,既然遊覽車公司都不用新司機,那你不如先跑一般的貨車。等你累積了資歷,再去應徵大客車司機。」

「這樣有用嗎?」

「你聽我的!市區的道路你都熟悉了吧?送貨應該沒問題吧?」

「好!先聽你的!」

次日,吳可風到三家貨運公司投下履歷。中午,他在附近的自助餐店吃午餐。飯後,他回到了公寓準備睡覺。剛躺下,電話響了,其中一家公司通知吳可風前去面試。

吳可風掛斷電話,心中暗想:「還是阿祥比較有社會經驗,聽他的錯不了。」

「嗯!不知道其他兩家會不會打來?」

還在想,電話真的響了。吳可風立刻接起電話。

「喂,這裡是偉成交通公司,請問吳可風在不在?」

「我就是吳可風,有甚麼事嗎?」

「老闆娘要我問一下,你要不要來跑霧中的校車啊?」

「霧峰高中的校車?那不是粗魯強跑的車趟嗎?」

「那個粗魯強離職啦!我們公司現在缺一個跑校車的司機,你到底要不要來?」

「好啊!甚麼時候開始跑?」

「你確定要來喔!我問一下:『老闆娘,是不是叫他明天來跑霧中?』對啦!老闆娘叫你明天早上開始跑。」

「好，沒問題。」

「喂，你先等一下。老闆叫你下午先來檢查車子，免得過於倉促，沒時間檢查。」

「好，我知道。」

「喂，你再等一下。老闆叫你開車規矩一點，不要在路上橫衝直撞。」

「喔，好。」

吳可風掛斷電話，趕緊出門。他跨上同一部機車，騎在同一條路上，前往同樣的地方。然而，他的心情完全不一樣！他有車可接，還有自己的車趟。「沒想到跟車的日子忽然變得有意義了！」他心花怒放。路邊還是甘蔗園，眼前依然是停車場，他同樣將機車停在辦公室前方，一如往常進到了守衛室。他正想拿鑰匙，卻看到校車的勾子竟然是空的！他以為掛錯了，取下其他鑰匙，一支看過一支。

「這些都不是！難道校車不在？不對啊！如果車子不在，幹嘛叫我來檢查！」他掛回鑰匙，離開了守衛室。走了一圈之後，他發覺霧中的校車真的不在停車場。

正想找人問，發哥突然冒了出來：「阿風，你是不是在找霧中的校車？那部車進廠啦！」

「校車進廠了？怎麼可能？老闆剛才叫我來做出車檢查！老闆娘還叫我明天開始跑霧中的車趟！」

「那部車早上被粗魯強撞壞了，也不知道他是怎麼開車的。聽說他在西屯路載了三個女學生，然後撞上停在路邊卸貨的小貨車。校車的前門被撞得歪七扭八，沒法開門。還有，右邊轉向輪的輪胎也爆了，鋼圈都變形了。那部小貨車的引擎蓋被撞掉，機油漏了一地。粗魯強車禍之後打電話回公司，老闆開了另一部車過去支援。」

「在西屯路撞上小貨車？」

「對啊！校車的第一站不是在西屯路嗎？」

「嗯！就在光華戲院旁。」

「老闆氣得要死，邊走邊罵：『這個粗魯強不知道在搞甚麼，這個月已經支援他兩次了！』你上次跟他的車，不是半路拋錨了？」

「是啊！上次是離合器打滑，後來我將巴士開回來。」

「那一次老闆就已經很不爽了，今天又是一大早出狀況，還是沒有司機支援他。學生遲到超過了一個鐘頭，我們公司一定會被罰款，還要賠償貨車的修理費，又要修復那部巴士。老闆一回來就說：『校車的前門損壞得很嚴重，阿財他們花了十分鐘才撬開。』另外，他還提到一個長得很高的女學生。那個女生下車的時候告訴老闆：『你們那個司機很爛，每天都遲到，開車亂按喇叭，在路上橫衝直撞，把校車當成救護車，出車禍很正常！』」

吳可風一聽，差點笑出了聲音。他趕緊憋住：「唔……那個女生我很有印象，她都在第一站上車，嗯……她對粗魯強一直很不滿！」

「老闆說：『我當時只想讓粗魯強趕快出發，別讓學生遲到太久，所以沒想那麼多。』他回來之後又說自己越想越生氣，因為那個女生講話很難聽。」

「剛好而已啦！她都坐在後面，沒聞過粗魯強的酒味，否則會說得更難聽。」

「哼！他常常帶著酒味出車，這點老闆早就知道了。這個粗魯強就是說不聽，說了多少次都沒用，學校教務處打電話來了，說這個司機以後不可以開他們的車。」

「原來如此！難怪老闆娘會突然叫我回來開校車。但是，老闆叫我先來檢查車子，要檢查哪一部？」

發哥指向一部舊車：「那一輛啊！老闆就是開那輛老車去支援的，鑰匙還留在車上。粗魯強回來後連鑰匙都沒交，直接跑去開他的計程車。」

「開計程車比較重要吧！不是嗎？」

發哥臉色一沉：「還有一件事情，老闆娘要我告訴你：『交代吳可風明天一定要早一點出車，最好五點半以前離開停車場，不要讓粗魯強看到校車被開走了。』」

吳可風聽得一頭霧水：「別讓粗魯強看見我出車？不是不讓他跑了！他還來幹嘛？」

「他還不知道自己沒車趟了，反正你明天就是盡量早點出門。等他來了，發現校車不在了，就知道自己被開除了。」

「如果他明天早上來了之後才發覺自己的工作被搶走了……他會不會抓狂啊？」

「你管他抓不抓狂。上次你沒來跟車，他說你再也不會來了。沒想到你一來，換他不用來了。他一定會跑來對我大小聲，就像上次一樣。反正已經不是第一次了，這一次我就裝聾作啞，看他能怎麼樣。」

「粗魯強以前被公司開除過？」

「他以前就被炒過一次，兩年前的事了。那一次，他要進來拿車鑰匙，我在門口告訴他：『你被開除了！不用出車了！』他聽了一臉不爽：『我被開除了？為甚麼？誰說的？』我說：『我不知道，老闆叫我轉告的。』結果他一直對我大小聲。奇怪了！他不去兇老闆、老闆娘，找我幹嘛！真是莫名其妙，以為我好欺負嗎？」

「上次是甚麼原因？」

「那一次他開別所學校的校車，一大早就帶著酒味出車，剛好學校的教務主任也搭車。粗魯強真是頭殼壞了，他竟然直接問那個主任：『你是甚麼人？為甚麼跑來搭校車？』主任聞到了酒味，一到學校就打電話給老闆：『這個司機很離譜，酒後開車，亂按喇叭，你們公司不可以讓這種人開車。』五天後，學校發函來了，禁止粗魯強繼續開他們的車。」

「咦？既然他以前就出過狀況，為何公司還讓他開車？」

「他就帶著兩個老婆來公司拜託啊！那兩個女人一進辦公室就對著老闆哭，請求公司再給他一次機會。老闆考慮了一下，告訴粗魯強：『不然你去跑遊覽車好了。』結果粗魯強想都沒想，直接回他：『我才不要開遊覽車！』」

「為甚麼？跑遊覽車不是賺得比較多？」

「你懂甚麼！他早上、下午開校車，其他時間跑計程車，這樣賺得才多啦！」

吳可風檢查了一個下午，因為車子的狀況百出：它水箱的水位不到一半，雨刷噴水器無水可噴，引擎機油過於濃稠，方向機油些許滲漏，四塊煞車片厚度不夠。另外，引擎的轉速表與水箱溫度計沒有作用，左側大燈和後方的煞車燈根本不會亮。檢查下來，只有電瓶的水位還算正常。吳可風還想換掉其中三個輪胎，然而修車的阿財告訴他：「鋼絲露出三條才能換。」到了黃昏，所有的問題都處理完了，吳可風這才知道它是一部等待報廢的老車。

次日，他開著校車出發了，時間是五點三十分。巴士來到西屯路，站牌下方沒有人。吳可風停車等待。三十分鐘後，三個女生總算出現了。吳可風打開車門，她們走上校車。三個人發現司機換人了，坐在後方嘀嘀咕咕的。吳可風故作正經，面不改色。校車起步了，以正常的速度行駛著，學生們一站接著一站上車。這一天，校車到校慢了十五分。

接了校車之後，吳可風的日子過得安安穩穩。不知不覺地，學生放暑假了。吳可風無車可跑，自己要求跟車。這一次，公司安排他跟長途的遊覽車。跟了幾次之後，南台灣的行車路線他也熟悉了。

這天早上，天氣炎熱，吳可風沒有去跟車，因為校車的行車執照即將到期，公司的小姐叫他開去驗車。吳可風問過了地點，開車走了。在監理站耗了半個小時，車驗過了。他回到停車場，正要下車走人，卻看見老闆娘走了過來。吳可風以為老闆娘有事找他，打開了車門。結果老闆娘只是經過。她手上拿著幾張黃紙，走往大門。

「天氣這麼熱，老闆娘要去哪？」吳可風看得納悶。

老闆娘走至門口，拿出打火機。她點燃手中的紙張，將著火的紙放在地上。只見她朝著馬路雙手合十，口中念念有詞。吳可風一邊看著老闆娘燒紙，一邊走進守衛室。房內正熱，發哥邊吹電扇邊擦汗。

「發哥，不曉得老闆娘在門口燒甚麼，看起來不像紙錢。」

「那個喔！她在燒符啦！」

「難怪她看起來很虔誠，這符一定是出自某位高人。」

「我們老闆娘拿手的事情不多，除了求神和拜佛。」

交談之間，老闆娘從大門走了回來，停在門口：「阿發，明天要拜拜，要買紙錢回來！」

「甚麼?又要拜喔?好啦!下午去買啦!」

老闆娘沒說甚麼，走回辦公室。發哥看她走了，頻頻搖頭：「前天才拜過，又要拜!太陽這麼大，又要燒！」

吳可風看發哥一臉無奈，想說幾句話勸慰他。正想著，不遠處傳來了劈哩啪啦的聲響，緊接著，一股燃燒的味道飄了過來。

吳可風覺得奇怪：「發哥！你有沒有聽到奇怪的聲音？好像還有一股煙味？」

發哥一聽，睜大了眼睛：「啊！一定是隔壁的甘蔗園失火了！快去看看！」

兩個人一前一後衝出了守衛室。吳可風動作迅速，跑在前頭。一到門口，眼熟的黃色汽車呼嘯而過。

「咦？那不是粗魯強的車嗎？他怎麼會從這裡經過？」他覺得意外，卻無暇思索。兩個人繞過鐵皮圍牆，來到了甘蔗園。果然，好多甘蔗著火了！只見：**烈火似靈動，空中煙正濃，枝葉燒不盡，吹來熱焚風**。不僅如此，火花灰燼四處飛散，爆裂聲響不曾間斷。

「趕快回去拿東西來滅火！」發哥急得大喊。

兩個人衝回了停車場。發哥叫吳可風進廁所提水，自己拿了一支掃帚跑回火場。吳可風沒有聽他的，直接跑進了辦公室。只見小姐坐在位子上講電話，老闆娘站在神明桌前方點香，總是泡茶的老闆卻不知去向！

「隔壁的甘蔗園起火了！趕快通知消防隊！」他朝著兩個女人大喊。

「阿香！趕快打！」老闆娘一邊吩咐小姐打電話，一邊跑到樓梯下方。

「周有龍，你跑到樓上幹嘛！快一點下來啦！隔壁的甘蔗園又起火了！趕快去滅火啊！」她朝著二樓大喊。

吳可風見小姐打了電話、老闆娘喊了老闆，隨即跑出了辦公室，進到廁所拿桶子接水。他急著裝水，水龍頭的出口卻是一道細流！好不容易，裝了半桶。吳可風等不及了，提起水桶，衝出門口。他來到火場，但見：**火龍盤旋烈焰中，滾滾濃煙上天空，熱氣如牆難接近，人間逞凶是祝融**。大火之中，甘蔗一邊爆裂，一邊搖擺枝葉。發哥站在前面，用力拍打火焰。頃刻之間，甘蔗園竟然燒了一大片！吳可風提著半桶水，想著要往哪裡潑。猶豫之間，老闆來了！他用掃把指向火勢最烈的位置，叫吳可風趕快潑水。吳可風聽他的，奮力一潑。只見水珠子飛向了熊熊火焰，彷彿一把沙子灑進了一片湖水。

老闆指著馬路對面：「趕快去水溝舀水來潑！」話未歇，他也跑進了甘蔗園拍打火焰。

吳可風提著桶子來到對面。他趴在溝邊，想要舀水。取水的瞬間，他忽然傻眼！眼前只有即將乾涸的小水窪，如何舀水？他直起身子，看看兩邊。只見幾枝雜草長在溝壁，一堆垃圾躺在溝底。吳可風無計可施，只好隨兩人跑進了甘蔗園，用桶子拍熄地上的火焰。此時火勢越來越猛烈，四周瀰漫著嗆人的濃煙，三個人難以呼吸，睜不開眼睛。他們一邊流眼淚，一邊拍打火焰。大火過後，一支支焦黑的甘蔗整齊地插滿了乾裂的地面。

「這裡實在太熱了，我們先離開吧！這些甘蔗燒了也沒關係，這樣反而更容易採收。」老闆邊說邊退出了甘蔗園。兩個人聽了，隨他退到路邊。三個人眼睜睜地看著整片甘蔗被大火吞噬。然而，這一片甘蔗還沒有燒完，另一邊的甘蔗園被點燃了！

發哥滿臉愁容：「糟了！我記得那片甘蔗園裡面有一間木屋！」

老闆：「嗯！那間屋子沒人住，只是一間倉庫，放些農具而已，值不了多少錢。」

片刻後，眼前的甘蔗園剩下縷縷的白煙，還有光禿禿的甘蔗插滿地面。但是另一片甘蔗園卻成了火海一片！火場之中有個凸起物，那裡正是火勢最大的位置。三個人遠遠地看著木屋被大火吞噬。焚毀之後，它的屋頂消失不見，四面牆壁垮了三片。消防隊終於出現了，四部車圍著甘蔗園各就各位。三個人看著木屋被沖垮，同時觀賞空中的彩虹。火勢很快就被撲滅了，因為甘蔗已經燒得差不多了。消防車離開之後，現場剩下遍地的水坑和焦黑的甘蔗，還有燒成炭黑、形同廢墟的屋子。

三個人拿著掃把、水桶回到了停車場。吳可風將水桶放回了廁所，發哥把光禿禿的掃帚丟進了垃圾桶。老闆手上那支塑膠掃把也變形了，他卻不丟。他不只沒丟，還拿著它走到了辦公室門口。

「都燒成這個樣子了，還能用嗎？」吳可風感到困惑。

他還在疑惑，老闆將掃把往地上一丟，朝屋內大喊：「叫妳燒符放進爐子裡燒！妳是聽不懂嗎？」

掃把落地後彈向門口，鋁門發出了碰一聲。門打開了，老闆娘走了出來。她彎腰撿起掃把：

「我親眼看到符紙燒完才走的，火災跟我沒有關係！」

「哼！到時候妳自己和地主說，我看他信不信。」

「我說和我沒關係！你不相信就算了。」

「我相信有個屁用！這次連木屋都燒了，該賠多少妳自己看著辦。」

「那些甘蔗燒了剛好可以採收，哪裡需要賠！」

「是嗎！下次燒到別人的房子，我看妳怎麼賠！」

「哼！不管我賠多少，都不會比你簽大家樂輸得多啦！」

老闆滿臉通紅：「瘋婆子！亂七八糟說甚麼！」

老闆娘昂起下巴：「我說錯了嗎？你這個賭鬼！」

兩個人你一句、我一句，吵得不可開交了！吳可風和發哥聽得一臉尷尬，呆站一旁。他們越吵越大聲，愈說愈激動，甚至翻出了陳年舊帳。原來老闆是一個不折不扣的賭鬼，曾經輸到離家不歸，在親戚家躲了半年。吳可風和發哥聽不下去了。兩個人互看了一眼，這才發現臉上沾滿了黑灰。發哥對吳可風使了眼色，兩個人默默離開現場，進到廁所洗把臉。洗完臉，他們一起進到守衛室。發哥脫掉骯髒的汗衫，坐在藤椅上吹電扇；吳可風一邊聽著門外大吵，一邊思索甘蔗為何會自動燃燒。回想間，計程車疾駛而過的畫面在腦海浮現。

「發哥，甘蔗園起火的時候，我看見粗魯強的計程車從門口經過。」

「真的嗎？他怎麼會出現？」

「是真的！我確定那輛車就是他的計程車，而且車子的速度很快！」

「難道……甘蔗園失火跟粗魯強有關？」

「不會吧！剛才老闆不是說了，他說是老闆娘燒符引燃的。」

「是啊！去年發生過一次，那次是粗魯強先發現的。他當時正好要回停車場，經過時看見地上的枯葉正在燃燒。他直接衝到守衛室，開門對我大喊：『發哥，隔壁的甘蔗園著火了，快上車！』我拿了兩支掃把跑上車。我和他很快就到了現場，趁火勢還沒擴大就撲滅了。」

「所以上次真的是老闆娘引起的？」

「嗯！那天風很大，老闆娘偏偏要燒符。她點火點不著，過來找我幫忙。我本來要去搬金爐，想在爐子裡面點，結果她說不需要，叫我用手掌幫忙圍。點了幾次之後點著了，她說我可以走了。後來甘蔗園失火了，我一聽到起火就知道原因了，因為她一放手符就會飛走。那一次只有幾棵甘蔗著火而已，一下子就滅掉了。當時甘蔗園的地主也在附近，他見到甘蔗被燒得焦黑，氣呼呼地跑進辦公室告訴老闆：『下次再這樣就要賠錢！』」

「咦？地主怎麼知道甘蔗起火和我們公司有關？」

「他曾經看過老闆娘在門口燒符，還不只一次。他看見我在滅火，就斷定是老闆娘燒符引起的。」

「才幾棵甘蔗被燒，就吵著要賠償，會不會太誇張了。」

「幾枝甘蔗當然好處理。但是，今天這場火燒得這麼大，搞不好真的是粗魯強放的。」

「你說粗魯強跑到甘蔗園放火！這可能嗎？為了甚麼？」

「哎呀！我跟你說啦！你跑校車的第一天，他不到六點就來了。他想早一點出車，卻發現校車的鑰匙不見、巴士被你開走了。他當場發飆，罵了老半天。我都假裝沒聽見。他離開之前擺出一張臭臉：『我這些年為了公司盡心盡力，沒有功勞也有苦勞。今天公司這樣對我，事情不會這麼簡單，大家走著瞧！』」

「你說他被公司開除，因此心有不甘，所以跑到甘蔗園放火，想嫁禍給我們公司。但是，怎麼可能這麼巧！今天早上老闆娘就在門口燒符。」

「很有可能，因為粗魯強知道她何時會燒。」

「他如何得知？」

「哼！他當然知道，他來公司七八年了。我告訴你，只要公司有車子出車禍，老闆娘就會到沙鹿的天公廟拜拜、添香油錢，然後求幾張符回來燒。」

「粗魯強知道臭屁忠前天在高速公路發生車禍？」

「他們兩個以前就常常一起打牌、喝酒，臭屁忠車禍住院他應該知道。」

「這麼說……粗魯強這兩天都躲在門口，等著老闆娘燒符？」

「我也是這麼想，否則他的計程車怎麼可能那個時間點經過。」

一言一語之間，老闆娘走過來了。她拿著那支變形的掃把站在門口：「那個地主有到現場嗎？」

發哥：「沒有！」

老闆娘：「今天又沒有風，就算符紙沒燒完，怎麼可能飛到甘蔗園？」

發哥聽後只是搖頭。吳可風根本沒在聽，他正考慮著要不要說出粗魯強經過門口的事情。正在猶豫，老闆娘走了，拿掃把去丟。

「發哥，粗魯強的事要不要告訴老闆娘。」

「我看先不要，她和老闆剛吵完，過兩天再說！」

隔天早上，吳可風跑完校車，回到了停車場。他看見辦公室的鋁門開了一半，發哥站在門口朝著裡面看。吳可風覺得事有蹊蹺。他不去交鑰匙了，走過來一起看。屋內多了兩個陌生人，就坐在老闆的正前方。這兩人和老闆說得面紅耳赤，雙方似乎為了某件事情爭執不下。靠近門口的中年人穿著背心短褲，體型圓胖；另一個較老的戴著一付金框眼鏡，穿著長褲襯衫。此人身形瘦長，聲音很大。相較之下，老闆的氣勢弱了一些。胖子、瘦子兩個人一搭一唱，氣勢越來越強。漸漸地，老闆不再說話，只顧喝茶。兩個人發覺老闆的態度變了，話說得更大聲了。老闆放下茶杯，更換茶葉，繼續泡茶。那兩人突然變臉，怒拍桌面。現場氣氛頓時變僵！

看到這裡，吳可風忍不住好奇：「發哥，裡面發生了啥事啊？」

發哥壓低聲音：「噓！那個胖子就是甘蔗園的地主，來要賠償的。另一個戴眼鏡的是這邊的里長。」

「老闆昨天不是說：『那些東西值不了多少錢，燒了也沒關係。』他們為何如此激動啊？」

「地主一進辦公室就對老闆說：『那兩片甘蔗園要賠三十萬！』」

「三十萬？那些甘蔗不是好好地？他們怎麼算的？」

「地主說：『那間木屋裡面有一部甘蔗採收機，價值二十五萬。』」

「甚麼！那部機器有這麼貴？」

發哥摀著嘴：「我來公司五年了，從沒看過他們用甚麼採收機收割甘蔗，根本就是想趁火打劫。」

「我想也是，趁他的甘蔗園失火，打劫我們公司的錢！」

「噓！你小聲一點啦！」

一胖一瘦又拍桌了！不只拍桌，他們還站了起來！吳可風驚了一下。他以為自己說的話被聽到了。地主一邊說話，一邊指向公司大門。老闆看著他比的方向，擺出無所謂的模樣。地主說完雙手抱胸，似乎正在等待回答。

「還好，應該與我無關！」吳可風鬆了一口氣。

看著老闆自顧自地喝茶，地主猛然拍桌大喊：「你不相信就給我試看看！」

老闆仍是不說話，繼續添水泡茶。地主氣得說不出話，換成里長破口大罵。他不只開罵，還指東指西。他一下子指老闆，一下子指門口，又指著自己。

發哥看得心裡發毛：「別看了，他們一直指這邊，又指過來指過去的，不曉得在指甚麼。我們趕快走，免得被波及了。」發哥說完走回了守衛室，吳可風交完鑰匙騎車走了。

三天後的早上，吳可風開著校車回到大肚山。燒過的甘蔗已經採收了，兩座園子成了空地。校車過了個彎，一部挖土機擋在馬路的正中央！奇怪的是，座位上看不見駕駛，後方卻排了一列巴士。仔細一看，都是偉成公司的車子。只見發哥一臉無奈，站在路旁。吳可風前進不得，只好下車。

「發哥，這部挖土機是誰開來的？上面怎麼沒人？」

「是甘蔗園的地主找人開來的。他們把門口兩邊的道路都占了，故意擋著，讓我們的車子無法進出。」

「真是莫名其妙！這樣會不會太超過了！路又不是他們家的，公司沒找警察來處理嗎？」

「派出所的警察來過了。他們說：『這附近都是農業用地，這條路是產業道路，停兩部挖土機很正常。』」

「根本就是胡說八道！產業道路怎麼可以亂停，那其他的車怎麼通行？我們也有權利使用這條路啊！」

「話是這麼說沒錯，但是警察不會幫我們，因為里長和他們打過招呼了。如果甘蔗園的損失沒照地主的意思處理，我們的車都別想從這條路進出。」

「難怪！那一天他們一邊和老闆大小聲，一邊指著門口。」

「對啦！老闆當時不想理他們，他們就撂狠話：『你信不信？我讓你們的車出得了門，上不了路！』」

「老闆不是認識這邊的議員嗎？應該找他出面吧！」

「找議員也沒用，因為這邊都是農地。那個議員在電話中告訴老闆：『你們的停車場未經申請，沒有執照，不能營業。按照政府的規定，你們的巴士根本不能停在這裡。』」

「公司這次被粗魯強害慘了，還無法向他求償，因為提不出證據。」

「我昨天告訴老闆，說你見到粗魯強的計程車經過大門，他和那場火災一定脫不了關係。」

「這沒用，光憑我的話不能證明他縱火。老闆聽了之後怎麼說。」

「老闆說的和你一樣，他告訴我：『沒有親眼看到粗魯強放火根本不算證據，如果要上法院向他求償，只有目擊證人也不行，一定要有照片或影像。』」

「是啊！不可能憑片面之詞就說火是他放的。粗魯強知道停車場附近沒裝監視器，一定提不出證據。」

「嗯！後來老闆娘告訴老闆：『趕快找人來裝監視系統，四周的道路都要二十四小時錄影。』」

「我們現在該怎麼辦，總不能一直在這裡耗著？」

「老闆已經去找地主了，再等等！」

一個鐘頭之後，一個中年人從校車後方冒了出來。此人正是挖土機的駕駛。他叫吳可風退至路口，讓他先過。兩部挖土機開走了，十幾部遊覽車陸續通過。吳可風停在路口，一一目送，等到馬路淨空才開走。

甘蔗園失火之後，吳可風閒了下來，等著開學。他想繼續跟車，熟悉其他交通的路線，增加自己跑車的機會。這段期間，阿香兩度打電話給他，要他開其他的巴士到監理站檢驗。他在電話中提出了再次跟車的想法。阿香聽了，說會安排時間。但她始終沒有回電。

開學前一天，吳可風回到停車場做車輛檢查，順便找老闆娘領薪水。進到辦公室之後，他見到了兩位未曾謀面的小姐。老闆娘正和她們聊天，吳可風只能呆站一邊。兩個人都是二十多歲，皆是短髮，衣著光鮮。三個人坐在老闆的正對面，老闆和她們討論晚上到哪裡用餐。吳可風不敢打斷，一直呆站。小姐們一心想到高級餐廳吃排餐，而老闆卻說吃西餐不如吃海產。三個人說得很熱烈，老闆娘完全插不了嘴。

她忽然頭一轉：「咦！你何時進來的？明天不是要開學？車子檢查過了沒？」

「檢查過了，我……想領這兩個月的薪水。」

「這兩個月的……喔！你等一下！」老闆娘離開座位，走到老闆身邊，附耳低言。

老闆想了一會：「給兩萬吧！」

吳可風領了錢，進到守衛室找老伯聊天。他想知道粗魯強暑假期間領了多少錢。

「每年都是一萬！」老伯說得乾脆。

「沒想到我多了一倍！」吳可風略感寬慰。

老伯摸著下巴：「阿強領一萬，你領多少啊？」

「給我兩萬！」

「你開車照規矩，也會幫忙驗車，所以給你多一些。」

「粗魯強沒去驗過嗎？」

「他哪有時間！」

「對了！他還要開計程車！」

「叫粗魯強去驗車？慢慢等吧！你今天回來領薪水喔？」

「嗯！我剛從辦公室出來，裡面多了兩位小姐，她們是不是新來的？」

「新你的頭啦！那是他們女兒。大的從美國留學回來，小的在高雄讀完大學。」

「難怪，她們和老闆、老闆娘說話的口氣和阿香完全不一樣。」

「當然啊！阿香是來公司領薪水的，她們兩位是千金小姐。」

「老闆有沒有生兒子啊？」

「有，大兒子還在台北當兵，再三個月就退伍了。聽說他在台北交了女朋友，兩人已經論及婚嫁。」

「真的嗎？不曉得以後會有多少人在辦公室裡面。」

「以前連老闆只有三個，以後左邊那排辦公桌都會坐滿，至少……六個吧！」

「那阿香就輕鬆多了，至少有人幫忙打掃。」

「前天我也是這樣告訴老闆，說她們回來之後大家會比較輕鬆，結果老闆告訴我：『難喔！那兩個能幫甚麼忙！一個還沒回來就說要領養流浪狗，另一個剛進門就吵著要買水族箱，公司的事情她們根本不曾想。』」

「又要養狗，又要養魚，以後真的熱鬧了。」

「你沒事可以走了，我要看明天的牌支了。」

老伯趕走了吳可風，拿出本子仔細研究。

開學之後，吳可風繼續接送學生。這一天，他進到辦公室領薪水。大公子這對夫妻終於出現了，男的正在擦拭桌面，女的將文具放進抽屜。一時間，吳可風想起了當初踏進辦公室的畫面。那個時候，老闆坐茶几後方泡茶悠閒；老闆娘坐在位子上猛講電話；阿香拿著一支掃把清掃地面，一眼望去，整間辦公室有一種說不出的空虛感。然而，眼前這個地方多了四個人、一條黃狗、一只魚缸。不只如此，年輕人在那裡聊個不停；一群魚兒在魚缸裡游來游去；黃狗在屋子裡亂跑亂吠。

一段時間之後，吳可風一進辦公室，總看見大公子專心玩接龍；少奶奶低頭看小說；大小姐扔球逗小狗；二小姐看魚沒事做。

不知不覺間，又是一整年。吳可風元旦休了兩天，第二天下午回到停車場做次日的出車檢查。他走向守衛室，想拿車鑰匙。行走之間，他看見一座鐵籠放在廁所旁邊。

「發哥，那個籠子是誰買的？是不是要關小黃的？」

「老闆想要關，但是大小姐不肯。」

「甚麼意思？」

「我前天告訴老闆：『那條狗經常跑出大門，亂追機車。』老闆聽完買了狗籠回來，說要將小黃關起來。可是呢！大小姐就是不肯。」

「這是為何？」

「她說：『狗被關起來很可憐，我養的狗不能關。』」

「那條狗能讓她領養，稱得上是『三生有幸』吧！」

「我從來沒見過這麼沒規矩的狗，每次郵差進來送信，牠就從辦公室跑出來，等到郵差騎車離開，牠就追著狂吠。」

「大小姐沒喝止牠嗎？」

「喝止甚麼？每次她一過來，狗就叫得更兇！」

「聽你這麼說，那條狗應該被她寵壞了。」

「還有更誇張的！有一次，我看見大小姐坐著吃便當，那條狗站了起來，趴在她的手臂上。我以為狗和她玩，結果不是，那條狗是要搶吃她的午餐！大小姐一邊用右手夾菜扒飯，一邊用左手推開小黃。唉！養狗養成這樣，真是好笑！」

「聽說女人不適合養狗，果然沒錯。」

「那條狗最近四個月起碼看了六次醫生，光結紮就去了三次。天氣變熱了，身上掉毛也看醫生；月經來了，食慾不振，也找醫生；亂吃東西，嘔吐了，還是帶去，比我這五年來看醫生的次數還多。」

「那些都是自然現象吧！有必要看醫生嗎？」

「她要帶去，誰擋得了！那條狗還會隨意撲到別人身上，或是亂追來往的機車，好多人被牠追到翻臉，停下機車，找石頭丟牠。還有人拿棍子要打牠，追進了停車場。」

「這狗沒人管才會變成這樣吧！」

發哥沒好氣：「我想管卻沒法管，他們該管又不管，每個人不是只管聊天就是只管悠閒。」

吳可風會心一笑：「說得好！這第二代的公子、小姐好像只理會自己的事，不太關心公司的事。」

「也不是這樣，他們不想管小事和雜事，只想管大事和正事，比如公司的經營、司機的管理。昨天下午，我無意之間聽到他們討論司機的獎懲，說到後來，大小姐和老闆娘妳一言、我一語的，兩個人好像在比誰的聲音大。沒多久，換小老闆說話了。他想將車輛的維修保養交給別的廠商，但是老闆娘根本就不聽他的。她還朝著他大叫：『你懂甚麼！你懂個屁！』兩個人也是吵得不可開交，連我在外面都聽得一清二楚。」

「真的嗎？老闆昨天不在嗎？她們居然吵成這樣。」

發哥聳聳肩：「老闆就是繼續泡他的茶啊！不然他能怎樣！」

「這麼吵還能喝茶，真有一套！」

「那沒甚麼，老闆娘曾經告訴我：『那個人根本不怕吵，只怕債主追著跑！』」

隔天早上，吳可風回到了停車場。他一邊停車，一邊聽狗叫。吳可風聽得心煩意亂，下車察看。原來黃狗被人關進籠子裡了。

「發哥，誰把小黃關進籠子了？牠好像叫得很不爽。」

「沒辦法啊！老闆說：『早上有重要的客戶來拜訪，一定要將牠關起來，否則狗會撲到他們身上，或是朝著他們亂叫。』」

「用鏈子就可以了吧！狗被拴著應該比較不會吵。」

「哪有那麼容易！早上大小姐拉牠的項圈，想用鏈子栓牠，結果左手被牠咬了一口。」

「她被自己養的狗咬了？不會吧！」

「是真的！後來老闆娘進廚房拿了一塊豬腳給我。我將豬腳拿在手上，吸引牠的注意，接著丟進籠子裡！牠見到肉塊飛進狗籠，跑了進去。我趁牠進去的當下，趕緊將門給關上。」

「難怪牠會叫得這麼不爽。」

「你沒事趕快走！我要把門窗關了，這狗吵死人！」

⚓ ⚓ ⚓ ⚓ ⚓ ⚓

元宵過後的某一日，吳可風注意到了一件事。臭屁忠的巴士三天下來都停在同一個格子，而那一格離守衛室最遠、是司機最不想停的位置。另外，他的車鑰匙連續三天掛在同一個鉤子。最重要的是，那不是臭屁忠平時掛的鉤子，因為它一直是個空鉤子！臭屁忠在偉成公司算是資深司機，專門跑南台灣的旅遊行程，去年暑假吳可風跟過他好幾天。他那部遊覽車的年份很新，配備相當齊全，吳可風跟車的時候，臭屁忠讓他開過幾回。儘管吳可風開得很滿意，但那終究是別人的車子。第四天了，鑰匙和車子還在同樣的位置。

「臭屁忠一連休了四天？怎麼可能？」吳可風很想問問，但是當班的老伯正在打盹。眼前無人可問，他故意落下車鑰匙。老伯果然醒來了。他睡眼惺忪，看左看右。

「老伯，不好意思，吵到你了！臭屁忠的車子在那裡停四天了，他怎麼了？」

「哦！因為他這一陣子不會出車了，所以我將他的車子開去那邊，它本來停在守衛室對面。」

「你也會開大車喔？」

「哼！我在跑卡車的時候，你還在騎三輪車哩！」

「真是失敬了！老伯，我想問的是，臭屁忠去哪裡了？為何他這陣子不會出車？」

「他和粗魯強一起去上聯結車的課，以前開校車那個粗魯強你還記得吧？」

「我當然記得！他們打算開聯結車嗎？」

「應該吧！很多大客車司機跑到後來都會轉跑聯結車，因為聯結車的薪水比較高，而且拖車駕照是職業駕駛中等級最高的。」

「咦？那我是不是也該找個時間去上課？」

「你慢慢等吧！你只開過短程的校車，根本沒有長途的經驗，就算你有聯結車駕照，也沒有老闆敢用！」

聽到這裡，吳可風想起了應徵的時候老闆告訴他：「像你這種沒經驗的司機，先從校車開始跟，跟一段時間之後，再跑短程的車趟，等有了足夠的經驗，才有機會開長途的。」他一邊回想

當天的對話，一邊猜想自己何時能跑長途的。傻傻想著，辦公室的鋁門開了，一個微胖的中年婦人走了出來。她來到守衛室門口，朝著老伯微微一笑，騎上摩托車走了。

「老伯，剛才從辦公室出來的女人是誰？」

「她住在我家附近，來應徵清潔人員的。」

「甚麼？我們公司還要招聘清潔人員？要打掃哪裡？」

「當然是辦公室啊！不然掃守衛室嗎？」

「咦？辦公室裡面不是有七個人了？為何還要找人來打掃？」

「這七個人當中只有一個會打掃，偏偏她最近要生了，必須請產假，你知道我說的是誰吧！」

「就是阿香嘛！但是，兩位千金小姐都不願意掃嗎？未來的老闆娘也不願意嗎？一家人上班的地方何必花錢請人打掃。」

「唉！你記不記得，以前裡面只有老闆、老闆娘、阿香三個，那時候辦公室不是阿香打掃，就是老闆娘掃。」

「是啊！我到公司應徵的那一天，整間辦公室空空蕩蕩的，就看見阿香一個人在後面掃地。」

「你看看！現在三個子女都回來了，還多了一個媳婦兒，四個人把座位都給坐滿了，結果呢！竟然要花錢請清潔人員！人變多了又怎麼樣！你不掃我當然也不掃，每個人都只想把事情推給別人。」

兩天後的早晨，九點二十五分，一個婦人騎著機車經過偉成公司的大門。她是附近的農婦，剛去市場買菜，準備回家煮飯。機車剛到門口，停車場衝出了一條黃狗！牠追著機車狂吠，想咬婦人的鞋。婦人一天不只一次騎過偉成的門口，每次追她的都是同一條黃狗。她這次決定不忍了！趁著黃狗靠近，她一腳踢了過去。然而，她沒有踢到狗，機車反而失控，衝出了路面，掉進了水溝。婦人飛離了駕駛座，趴在草叢。五分鐘之後，吳可風開著巴士從旁經過。他見到了機車和婦人，趕緊停車。他下車後朝著婦人大喊。婦人動也不動，昏死一般。吳可風立馬衝回車上，開進了停車場，要阿香趕快打電話。救護車過了許久才到現場，因為駕駛差點找不到偉成的停車場。

三天之後，胖地主和瘦里長又來了。兩個人同樣坐在茶几旁，老闆的正前方。三個人坐的位子和之前一模一樣，現場的氣氛卻完全不一樣。老闆依然泡茶，三人一同品茶，心平氣和地說話。吳可風看得納悶，進到守衛室問發哥。

「發哥，那兩個人怎麼又來了？甘蔗園又有狀況嗎？」

「甘蔗沒怎樣，他們是為了摔車的女人來的。」

「為了那個婦人！究竟是怎麼一回事？」

「那個女人是地主的親戚，也住這附近。那天她撞斷了右肩胛骨還有兩根肋骨，現在還躺在榮民醫院。」

「那個女人摔車和我們公司有關？」

「昨天里長和地主去醫院探視，問她為何摔車。她回答：『我是被偉成的狗追到掉進水溝的！』」

「真的嗎？他們是不是又想趁機敲竹槓？」

「這次是真的！那一天早上，我看到小黃衝向大門，接著聽到一陣狗吠聲，後來你直接衝到辦公室，喊她們打電話叫救護車。」

「原來你早就知道了，我還一直納悶，她的機車怎麼會衝進水溝？」

「剛才派出所的警察來問我經過，他們還搬走了監視器的主機。」

「那你怎麼說？」

「我告訴他們：『沒看到，沒啥好說！』不過呢！他們回去看影像就知道了，因為大門附近、道路兩旁都有鏡頭拍著。」

「老闆怎麼說？」

「自己的狗闖禍，他還能說甚麼，難道還想被人堵住門口。」

兩週之後，被開除的粗魯強開著計程車進到了偉成的停車場。車子開得很慢，和以前不一樣。發哥在守衛室裡看著，想起了半年前的火燒甘蔗園。他對於甘蔗起火的原因一直耿耿於懷。

儘管他早認定是粗魯強幹的，但他想趁機問問，聽聽本人的說法。發哥以為計程車會直接開到辦公室後方，粗魯強下車後會走進守衛室。他費心思量如何試探粗魯強。結果計程車停在臭屁忠的巴士旁，粗魯強也沒有下車，下車的人是臭屁忠。臭屁忠從副駕駛座下車，跑進守衛室拿鑰匙，接著爬上了遊覽車，收拾自己的東西。粗魯強始終沒有下車。半個小時之後，臭屁忠提個袋子坐回了計程車，兩個人笑著離開了。發哥從頭到尾甚麼都沒問，只能爬上巴士取回鑰匙。

臭屁忠取得聯結車駕照之後立刻辭職，因為粗魯強拉他到運輸公司開貨櫃車。兩個人再度成了同事。臭屁忠說走就走，老闆想留也沒用。由於司機人手不足，那部遊覽車由吳可風接手。他原以為這件事不可能會發生，沒料到美夢竟成真。

吳可風跑遊覽車的前一天，老伯特別提醒他：「跑長途的當然可以賺更多錢，但是發生重大事故的機會更高！長途司機除了要掌握車輛的狀況外，最重要的就是調整自己的休息時間。」最初之時，他平日專跑校車，假日兼跑遊覽車，後來旅遊的車趟大增，吳可風無暇顧及校車，公司唯一的校車只好由老闆親自出車。吳可風五月底開始跑遊覽車，隨後暑假到了，這段期間正是旅行社出團的巔峰期，將近兩個月的密集出車讓他感到身心俱疲。話雖如此，他的收入大幅增加了。

雙十連假的第一天，天氣相當炎熱，早上八點三十分，吳可風開車來到北屯區公所右側公園，一團旅客即將搭車前往南台灣進行三天兩夜的行程。領隊是一位四十多歲的大姊，吳可風第三次遇上她了，這位大姊喜歡在車上唱歌，但她的聲音沙啞又低沉。如同以往，她早在公園門口等車，接著招呼團員上車，遊覽車由市區開上了高速公路，她照舊邀請團員高歌一曲。旅行團由一家飲料公司的員工、家屬所組成，團員間的互動不太熱絡，幾個人受到領隊的鼓舞，勉為其難地唱了幾首老歌。一個小時後，點歌的人忽然沒了，只剩領隊一人獨自唱著。她一直唱流行歌，偶而穿插日本歌，跟以前沒兩樣。領隊自己在那邊唱得欲罷不能，坐在椅子上的乘客聽得不耐煩了。

「小姐，團員沒人想唱了，妳也別唱了，有些人要休息呢！」一個看似主管的中年男子說話了。

「太好了！長官，您真是見義勇為啊！」吳可風發自內心感謝他。車廂終於安靜下來了。

遊覽車行駛在外線車道，準備南下高雄佛光山，行程的第一站。過了雲林之後，「嘉義大林出口」的標誌從右前方呼嘯而過。交流道剛過，一個大車的車頭出現在右側的照後鏡之中。吳可風一邊看著前方路況，一邊注意它的動向。大車愈開愈快，來到了巴士的右方，只見橢圓形的車體閃閃發亮，原來是一部油罐車。油罐車轉眼間超越了遊覽車，從外側匝道切進了外線車道。吳可風輕踩油門，看了儀表板一眼——95km/h。遊覽車尾隨著油罐車，兩部車保持五十公尺的距離，以同樣的速度行駛在公路外側。過了嘉義之後，雲層越來越濃，天空愈來愈暗，毛毛細雨從天而降。吳可風見狀，打開了頭燈。同時間，油罐車後方的尾燈也亮了。不久之後，雨勢突然變大，滴滴答答地打在車子上。視線變得模糊，車子只好減速。吳可風撥下雨刷的開關，兩片膠條開始擺動。眼前的水珠一掃而空，只見油罐車的後輪濺起了陣陣水霧。大雨不久，逐漸減弱，吳可風調慢了雨刷的速度。沒有多久，「台南永康」的字樣出現在細雨之中。片刻之後，「右方出口」的標誌從右邊飛馳而過。

怪事來了，兩部車在外線車道跑得好好的，油罐車卻突然變慢了！後方的煞車燈同時亮了！吳可風一看，急踩煞車。油罐車減速後轉向了左側，連左邊的方向燈都亮了。吳可風看得納悶，不禁思索油罐車的司機為何如此開車。正想著，一輛黑車在眼前憑空出現了！

原來跑在油罐車之前的黑車錯過了交流道，想要倒車，而油罐車司機為了閃避黑車，緊急煞車。油罐車轉進中線後黑車突然冒出來了！

吳可風被它嚇得魂快飛了！他急打方向盤，幸好急閃而過。遊覽車隨著油罐車跑進了中線車道，車上旅客都被搖醒了，在後面議論紛紛。吳可風以為沒事了，沒想到怪事真的來了。油罐車竟然歪歪斜斜地跑進了內線車道！不僅如此，車上的罐體傾向了左側！右邊那排輪胎騰空了！

「油罐車失控了？」吳可風看傻了。說時遲，那時快，油罐車轉向了中線。奇怪的是，它的車頭明明轉向了右方，後方的槽體卻繼續傾向左方，那排輪胎離地面越來越遠了！

「它會不會翻車啊？」吳可風看得目瞪口呆。他還在驚駭，油罐車居然在中內車道之間邊跑邊搖擺，它以近乎蛇行的方式高速前進。一搖一擺之間，車子左側擦撞了分隔島，隨即彈開！吳可風看得心驚膽顫，但是他只能緊握方向盤，踩住煞車板。

怪事又來了，油罐車碰撞之後竟然回正了！它似乎回到了正常的行駛狀態。吳可風鬆了一口氣，放開煞車。他才想著油罐車沒事了，結果它又傾斜了！這次整部車倒向了右邊！換成左邊的輪胎飛離了地面！

「這是怎麼一回事！是液體搖晃的關係嗎？」吳可風心中大駭。油罐車傾斜的角度愈來愈大，完全超過了他的想像。砰的一聲，它翻車了！油罐車在濕滑的地上側滑，路面磨出了長長的火花。吳可風拚命踩緊煞車，六個輪胎全都鎖死了。然而路面又濕又滑，遊覽車根本停不下來！油罐車滑行了一段距離才停住，四十呎的車身占據了所有車道。最糟糕的是，它的尾端冒出了陣陣白煙！

「這油罐車載了甚麼東西啊？」吳可風慌了。雖然煞車踩到底了，遊覽車還是衝向了油罐車。它彷彿滾落山坡的巨石，去勢不止。轉眼之間，髒兮兮的底盤來到了眼前，吳可風放開了方向盤，舉臂抵擋。

十、晝夜即歲月

去者為過往，來者陰中藏，晝夜即歲月，時間無短長。

車禍之後，吳可風來到了一個既遙遠又熟悉的地方。眼前是小廟的紅磚牆，左方是綠色的水稻田，右邊是種得稀疏的竹園。他身處兒時常來玩耍的廟前廣場！他覺得迷迷糊糊的，也搞不清楚自己是怎麼來的。他思索自己為何來到這個地方，卻想不出個所以然。天色忽然變暗，頭上的路燈發亮。吳可風離開了廣場，走在蜿蜒的小路上。他照著記憶中的路線走回家。轉眼之間，家在眼前。斑駁的門板開了一半，門縫之中透出了一道光。吳可風推門而入，進到客廳。只見整間屋子空空蕩蕩，頭上的燈泡亮著黃光，所有的擺設跟以前一模一樣。他穿過客廳、來到走廊。房間的門開著，房內的床是空的，但是床邊坐了一個人。只見吳聲穿著發黃的汗衫坐在那兒。

吳可風進到房內：「爸！你怎麼會在這兒？」

吳聲微微一笑：「可風啊！你果然長大了，我每天都在家裡等你呢！」

「你一直待在家裡？」

「是啊！你現在做甚麼啊？」

「我國中畢業後報考了士官學校，之後一直待在艦艇單位，快八年了。」

「哦！你也幹軍人啊？海軍應該比陸軍輕鬆吧！」

「不會喔！如果遇上了大風大浪，一直暈船又下不了陸地是很痛苦的。」

「嗯！我想起來了，當年我從上海搭船來台灣，在海上航行的那些日子，每天吐到頭昏眼花，連著幾天吃不下飯。哎呀！那種體驗啊！真是畢生難忘！」

「是吧！海上生活沒有那麼輕鬆。」

「我像你這個年紀時，啥事都不會幹，只知道種田，我和哥哥每天早上帶飯糰出門，總是天黑才回家。」

「你們整天都待在田裡？那田有多大啊？」

「我們的田地將近兩畝呢！而且，我和哥哥不只種自家的田。隔壁的李大媽有兩個兒子，但是他倆不想待在家裡種田，偷偷離家跑去當兵，他們離開之後音訊全無。後來李大媽的丈夫得了重病，咳個不停，李大媽要照顧丈夫，兩個人都沒法下田。後來，你爺爺也病倒了，臨死之前說要幫幫李大媽，他們的田也讓我們種了。」

「對了！你怎麼會一個人來台灣呢？」

「唉！那一年，一大群日本軍人突然進到了村子。他們到處殺人，我們只好逃命了。但是逃難的人實在太多了，我們逃到隔壁村時，大家擠在一座橋上，動彈不得，原來前方也出現了日本軍人。我們進也不是，退也退不得，好多人跳進河裡。我媽媽不敢跳，叫我和哥哥趕緊逃。哥哥先跳了，我跟著跳，河水深得很，我和哥哥從此分散了。我飄了好久，後來踩了底，趕緊上岸，看見一隊士兵，舉著一面軍旗，在街上找人入營。我當時走投無路，有家歸不得，為了吃口飯，只好從軍了。」

「對了！可風，你結婚了沒啊？」

「我連個女朋友都沒有。」

「沒關係，那不急，緣分到了，對象就出現了。對了！你們部隊是不是在高雄？」

「是啊！我大部分的時間都在左營。」

「我剛到台灣那些年，我們部隊也駐守高雄，我記得那個地方叫做『鳳山』。」

「嗯！我聽說鳳山有很多陸軍單位，也有很多眷村。咦！你怎麼會來台中呢？」

「後來我們調離了鳳山，來到谷關，我幾年後退伍了，就在台中定居了。」

「為甚麼想住台中呢？」

「這裡的氣候比較適合我，高雄太熱了。」

「是嗎！跟湖北的老家比起來呢？」

吳聲沉思良久：「唉！我太久沒回去了，你這麼一問，我一時想不起來。」

「是啊！過了那麼久的時間，你也該回去看看了。」

「是啊！也該回老家了。對了！可風，你有沒有想去看看的地方啊？」

吳聲這麼一問，吳可風想起了武俠小說的世外高人。他脫口而出：「我想去武當山！」

「武當山就在湖北啊！那裡風景秀麗，奇山峻嶺，我小時候和哥哥去過呢！那是父親帶我們兄弟出門最遠的一次了，真是讓人懷念的地方，明天咱們一起去吧！」

吳聲說完起身關燈，回到床鋪閉眼睡了。吳可風躺在他的身旁，就像小時候那樣。眼睛剛閉上，吱吱喳喳的鳥鳴聲竟在耳邊迴響。吳可風睜開了眼睛，起身察看。身邊沒躺人，吳聲不見了。他以為父親不告而別了，屋外卻傳來了水聲。吳可風起床出門。吳聲又出現了，他站在又黑又亮的洗手缽前方，在那裡捧水洗臉。不可思議的是，他身後竟是一個如夢似幻的地方。但見：**老松蒼蒼形似仙，桃花朵朵嬌又艷，黃鶯啾啾聲不絕，鳳蝶翩翩枝葉間**。除此之外，**蜂鳥振翅停花前，一群水鹿在草原；奇石立於山之巔，飛瀑散落深谷間**。吳可風看得神往，轉身瀏覽後方。只見青瓦紅牆的宮殿矗立群山之中，如浪翻湧的雲海在林間流動。

「這是仙境嗎？」吳可風心中讚嘆。吳聲洗臉後取下脖子上的毛巾擦臉，他的動作如同當年在街上叫賣水果一般，吳可風看著想起了童年時光。

吳聲將毛巾擱在洗手缽上，對著吳可風招手：「這裡就是武當山了，我們四處看看吧！」兩個人離開了如詩如畫的花園，沿著曲折的小徑，來到了陡峭的石梯。二人身輕如燕，飄然上階。梯子邊立著一列石柱，柱子間連著一條鐵鏈。石柱頂端刻了姿態不一的石獅子：有的單腳踩球；有些張口咆哮；有的曲腿而坐；有些昂首跳躍；也有雙腳站立；還有趴著睡覺。吳可風穿過石柱，見到了深不見底的峽谷。他們走下階梯，眼前出現了一塊石碑，上面刻著三個紅字：武當山。經過石碑之後，兩個人側身鑽進了狹窄的岩縫，越過潺潺流水，在石壁之間徐徐前進，來到了陰氣逼人的深谷。但見：**鬼斧鑿巨岩，悚然地獄殿，石間細流水，抬頭一線天**。離開峽谷之後，他們爬上懸崖，進入了空中閣樓。吳可風在樓中遊蕩，觀賞牆壁上的古字畫，細看神龕中的老神像。

「可風，你看那兒！」吳聲指向了一扇小窗。吳可風來到窗前，向外一看。但見：**石龍凌空降，蟠踞絕壁上，小爐生三足，人稱第一香**。他從案上拿起一炷香，笑著將香點燃，飛越那扇小窗，來到石龍的背上。吳可風輕輕鬆鬆地插了香。二人出了閣樓，沿著古老的石階，進入原始的森林。只見地衣苔蘚長滿了地面；高大的蕨類與人齊肩；清澈的溪水從旁而過；合圍的神木高聳入天。出林之後，一座暗紅的老觀映入眼簾。它有展翅的屋簷，灰色的石階，二人進到觀內，聞到了淡淡的檀香味。抬頭一看，漆黑的樑柱縱橫交錯，鎏金的神像盤腿而坐。兩個人穿廟而過，隨路而走。一眨眼，宏偉的宮殿矗立眼前，一群習武者來到殿前。他們梳著髮髻，站得整齊，足登雲鞋，身穿黑衣。習武者不疾不徐地伸掌推臂，雙腳在地板上左右畫圓，吳可風看得津津有味，想學卻學不會。習武者打拳之後跑進了宮殿。他們跑得一個不剩，兩個人只好離開。

一轉頭，他們來到殿後的山坡。舉目所見皆是古樹老松，一眼看去盡是石雕走獸。越過陡坡之後，紅輪墜入群山之中，一座金碧輝煌的小宮殿在眼前浮現。二人上階，來到殿前。只見昂首的仙鶴立於階前，威武的金身安坐殿內。他們轉了一圈，離開金殿，沿著牆邊，緩步下階。一抬頭，菊紅的彩霞佈於西山之峰。片刻後，兩個人來到了遇真宮。

進門後，吳可風看到了張三丰。只見他站在一座平台上，凝視著西下的夕陽。但見：**一身**

灰色舊道袍，白髮銀鬚隨風飄，腳穿平凡草編鞋，縱橫百年道術高。張三丰舉起了左手，掌心向下；右手平托，掌面朝上。他的雙手上下合圓，彷彿正在施展曠世絕學。吳可風一邊看著張三丰，一邊幻想自己就是威震群俠的武林高手。他想得入了神，直至遠方傳來了咚咚的鼓聲。吳可風聽了鼓聲方回神。天色已經黑了，眼前昏昏暗暗的，四週死氣沉沉的。他左顧右盼，環視四方。吳聲早已不知去向，連張三丰都消失得無影無蹤！吳可風感到孤單茫然，還有一種說不出的空虛感。他想趕快離開這個詭異的地方，卻不知從何而往。

正感徬惶，身後傳來了嬰兒的哭聲。哭聲聽來模糊，似乎就在不遠處。吳可風轉身一看，見到平靜的湖水就在眼前，半圓的拱橋跨過水面，湖邊種了整排柳樹，遠方停了幾艘小船。在矇矓的月色之下，斗笠造型的屋子若隱若現。霎那間，吳可風發覺自己身處台中公園！天色漸漸明亮，嬰兒的哭聲越來越小。他循著聲音四下尋找，卻甚麼都看不到。然而，草地上一個白色紙箱吸引了他的目光。他上前打開紙箱，見到箱底躺著一個嬰兒。嬰兒見到吳可風又大哭了！他哭得全身發紫，小手亂揮亂舞，雙腳左踢右蹬，皺皺的小臉哭成一團！吳可風看著哭泣的男嬰，想起當年的自己。他胸中一陣酸楚，淚水奪眶而出。

「別哭了！才打個針而已，連隔壁床的叔叔都要被妳吵醒了！」他正在感傷，竟然有個婦人在一旁說話！

「你騙人……那個叔叔是植物人……他才不會醒來……」一個小女孩抽抽搐搐地回答。

「你不乖乖讓護士阿姨打針，到時候連你都變成植物人。」

「我不要打針……」

「小雯最勇敢了，阿姨拿巧克力請妳吃，好不好？」一個女子說得輕聲細語地。

「好……」

「妳先閉上眼睛，阿姨把巧克力藏起來，不可以偷看阿姨藏在哪裡喔！」

「好……哇！」小女孩忽然放聲大哭，彷彿抱在胸前的洋娃娃被搶走了。

「別哭了！再哭就叫護士阿姨把巧克力收起來，讓你沒得吃。」

「不要……」

「她們是誰啊？」吳可風聽得納悶。他想起身看看她們究竟是何人，卻動彈不得。他不僅動彈不得，甚至連眼睛都張不開了！

「針打好了！小雯最乖了，巧克力先放在媽媽那兒，等你不哭了，媽媽再拿給你吃，好不好？」

「好……」

「陳媽媽，我先回去值班了。待會兒醫生會來巡房，你可以問他，小雯何時可以辦出院？」

「我知道了，謝謝護士小姐。」

「甚麼！她是護士？她要走了？小姐！請等一下！」吳可風急得大喊。

雖然他喊得很大聲，護士還是走了。腳步聲在身邊響起，越來越小聲。

「為甚麼我喊不出聲音？為何我會在這裡？這裡是海軍總醫院嗎？她們說的植物人就是我嗎？」他感到無奈，胡思亂想起來。

「好了，嘴巴張開啊！護士阿姨給妳的巧克力好不好吃啊！」

「嗯……好吃！媽！那個植物人叔叔也在哭耶。」

「有嗎？真的耶！天啊！我去叫護士小姐來看！」

倉促的腳步聲走得很快，片刻之後，兩個人快步走來。

「護士小姐你看！他的眼角是不是垂著淚啊？枕巾上也有濕濕的痕跡。」

「吳可風，你聽得到我的聲音嗎？」

「我聽到了！但我發不出聲音啊！該怎麼辦啊！」吳可風急了。

「護士小姐，他是不是快醒了，聽說他昏迷了很久，是不是啊？」

「蠻久了！他到院的時候就是昏迷的狀態了。」

「那他怎麼會流眼淚啊？」

「這個……我也不知道。等一下醫師巡房時讓他檢查吧！我先回去了。」

「喂！妳別走啊！我真的醒來了！拜託妳想想辦法啊！」吳可風慌了。雖然他真心誠意地拜託了，護士還是走了。

「唉！我一定是受重傷了。不對！我感覺不到身體了！我究竟是怎麼了？」他想知道自己的處境，卻毫無頭緒。

他靜下心，想聆聽那對母女說話的聲音，然而，婦人和女孩卻是默默不語。身旁只有微弱的呼吸聲、被子的翻動聲、塑膠袋的摩擦聲。不知過了多久，兩個人走過來了。第一個腳步聲聽來沉重，第二個剛剛才聽過，腳步聲越走越近，停了下來。

「吳可風，你聽得到我的聲音嗎？如果可以的話，動動你的手指，或是用力閉一下眼睛。」一個男子在吳可風耳邊說話。

「這位先生，我根本感覺不到自己的身體！我如何動給你看啊！」吳可風無奈至極。

「醫師，我剛叫過他了，還拍了他的肩膀，他都沒有反應，好像還在昏迷。」

「嗯！他的瞳孔對光線有點反應，但是不太明顯，應該還處於深度昏迷。」

「那個叔叔剛才真的在哭耶。」

「是啊！他真的流下了淚水，我還叫護士小姐來看呢！」

「昏迷一年的人還會流眼淚！這種事我還沒遇過，再觀察看看吧！對了，陳媽媽，小雯這兩天如果沒有發燒，後天就可以辦理出院了。」

「甚麼！我昏迷了一年？」吳可風不敢相信耳朵聽到的。

「好的，謝謝醫師。」

「小雯好好休息，我們走了。」

「好……媽，醫生剛才用手電筒照叔叔的眼睛耶。」

「對啊！醫師檢查叔叔的瞳孔，看他醒了沒有。」

「叔叔是不是夢到傷心的事情所以才哭啊。」

「不是喔！那個叔叔是植物人，植物人不會做夢喔！」

「大媽，妳在胡說甚麼！妳女兒說得沒錯！我不但會做夢！我還夢到哭了！」吳可風忽然激動了。雖然心中洶湧澎湃，吳可風還是叫自己趕快冷靜下來，因為他想仔細聆聽，這也是他當下唯一能做的事情。不久之後，婦人叫女孩閉上眼睛，早點休息。四周完全沒有聲音，吳可風回想先前的記憶。

「昨天下午，我去了土地公廟，接著回到小時候的家，和爸爸聊天。他說了以前從未說過的事情。隔天，我們在武當山遊歷了一整天。後來，爸爸突然消失了，我來到了台中公園。最後，我看見凍到發紫的嬰兒，他躺在箱底大哭。」

「看著男嬰，我想起了一件事情。當年住在林媽媽家，林智豪曾經告訴我：『你出生後被遺棄在台中公園，是吳伯伯將你帶回來撫養的。』」

「我想起了這一段往事，流下了眼淚。」

「不對！我為何會回到小時候？我怎麼會出現在土地公廟？我還回家和爸爸聊天？又和他到武當山玩了一天？這是一場夢吧？」

「為何我會做這場夢？還有！剛剛那個醫師竟然說我昏迷了一年！」

「不對啊！就算我昏迷不醒，我應該住進海軍總醫院吧？怎麼會和小朋友住在同一間病房？」

吳可風想了老半天，卻想不出所以然。他整理心情，豎起耳朵，繼續聆聽。然而，身旁只是安靜。過了許久，一旁響起了打呼聲。吳可風聽著規律的鼾聲，不知不覺地睡著了。

不知睡了多久，吳可風聽到了馬桶的沖水聲。同時間，那位護士的腳步聲越來越近，停了下來。他聽著護士的呼吸聲，還有唏唏嗦嗦的摩擦聲。

「護士小姐，這位先生為何昏迷這麼久啊？」

「他在高速公路發生了嚴重的車禍，原本被送到台南的醫院進行急救，後來轉院到我們這裡。」

「為何會轉到這裡，是不是家屬要求的？」

「不是喔！他沒有家人。他是個榮民，三年前退伍了，後來到一家遊覽車公司當司機。」

「哦！所以他才會轉到榮民醫院，這下我懂了。」

聽到這裡，吳可風終於明白了。他回到小時候的家，和爸爸一起去武當山，在山上待了一天，那都只是一場夢。事實上，他早就退伍了，還到遊覽車公司當了司機。雖然他醒過來了，聽覺也恢復了，但他只能靜靜地躺著。沒有人知道他醒了，他成了大家口中的「植物人」。

接下來的日子，除了睡覺之外，吳可風不分晝夜地聽著四周的聲音，有進出病房的腳步聲、病床移動的滾輪聲、男女老少的說話聲、洗手間的沖水聲、整理物品的摩擦聲、走廊上的談話聲、甚至是病人的呻吟聲、點滴的滴水聲、吃東西的咀嚼聲。一個月之後，他不僅知道自己躺在台中榮民醫院 508 病房的三號病床，也清楚房內住了哪些人。他還記下了幾位醫師、護士的名稱。有兩位醫師、五名護士、一個負責清潔的婦人經常進出這間病房。然而，只有兩個護士會走近他。其中一個是小蘭，另一個叫阿雅。

小蘭是吳可風醒來當天在他耳邊說話的女子，吳可風對她最有印象。小蘭不只聲音好聽，還有許多人說她長得漂亮，經常有老太婆說要介紹對象給她；阿雅的聲音則比較低沉，但是她說話條理分明。吳可風猜想她是一個很有主見的女生。

護士走近吳可風之前總會先拉開床邊的布簾，這時候吳可風會聽到刷的一聲。當她們在床邊站著，吳可風會聽到正常的呼吸聲，還有難以形容的怪聲。她們偶而會坐在床緣，此時吳可風會聽到急促的呼吸聲、被子的翻動聲，還有奇怪的唏嗦聲。除此之外，吳可風還聽到了許多不可告人的秘密，比如一個老婆婆瞞著家人把土地過戶給遠房的親戚；有個經商的大叔常常和秘書調情，這位大叔還偷養了小老婆、私生女；一位大學講師趁著四下無人時對女學生說肉麻話；一個有外遇的女子對自己的丈夫說違心之語。

漸漸地，吳可風練就了不凡的聽力，還有驚人的想像力。他從腳步聲辨別誰正在進出病房；由說話者的口氣、語調判斷這個人的情緒；從談話的內容猜測他們的遭遇；由談吐來推斷此人的知識水平。後來，吳可風從說話者的聲調、用語，想像他們的外觀、年紀；由他們說話的態度、語氣推斷他們的真實目的；他甚至以此判斷他們的人際關係、生活習性、工作背景。到了最後，吳可風發覺一件令他難以接受的實情。就算他聽到了所有的聲音、發現了天大的秘密都沒有意義，因為那都是別人的事情。他唯一能做的就是躺著，聽著，想著。

⚓ ⚓ ⚓ ⚓ ⚓ ⚓

一天下午，病房住進了一個五十多歲的婦人，她的腎臟功能失常，被診斷為「尿毒症」。婦人即將進行腎臟移植手術，一個女子陪她住院，正是她的女兒。女兒不時提醒開刀前的注意事項，婦人頻頻說好。兩個人說著，小蘭進房了。她要對婦人進行抽血，母女終於閉上了嘴，四周突然安靜了。

沉默之中，女兒突然壓低聲音：「護士小姐，『那個人』他怎麼了？」

「他不會影響妳們的！請放心。」小蘭不想理她，隨口回答。

然而這對母女不願作罷，繼續問她。小蘭輕嘆一聲，說了吳可風的情況。母女聽後，沉默不語。不到三秒，兩個人妳一言、我一語地說起了「人生無常、都是註定」。她們說個不停，完全不知「那個人」正在一旁靜靜地聽。吳可風聽著母女一直說「屁話」，越聽越沮喪。兩個人說到小蘭離開了才慢慢閉上嘴巴。

隔天早上，八點三十分，楊醫師、阿雅走進了病房，停在婦人的病床。

阿雅：「記得喔！陳媽媽麻醉之前要將這兩張同意書寫好。」

女兒：「好，我知道。」

醫師：「陳女士昨天晚上開始禁食了吧？」

婦人：「醫師，我擔心的要命，根本沒胃口，食物拿到嘴邊我也吃不下。」

阿雅：「陳媽媽，手術前要放輕鬆，太緊張的話血壓會升高，到時候可能開不了刀！」

女兒：「對啊！我媽一直窮緊張，以前她老是擔心沒人捐腎臟，後來又煩惱比對不到適合的器官，現在真的要開刀，她更緊張了。」

醫師：「陳女士，不是每個等待者都有機會接受捐贈，妳一定是遇見了生命中的貴人。」

婦人：「醫師啊！隔壁插管的先生是不是昏迷很久了？」

醫師：「是啊！差不多一整年了。」

婦人：「他這種情況應該是不折不扣的植物人吧？他不可能清醒啊！」

女兒：「他可以將身體的器官捐出來，不是嗎？」

阿雅：「陳媽媽，這樣不行喔！法律有規定，只有意識清楚的人才能簽署捐贈。」

婦人：「如果他永遠昏迷不醒，那樣不是很可惜！」

女兒：「像他這樣，不可能會醒來吧！」

阿雅：「這是兩回事，不能混為一談。第一，我們不知道他在意識清楚的情況下是否願意捐出自己的器官；第二，雖然他表面上看起來像是植物人，但他會自己呼吸，心跳也正常，隨時會清醒。」

婦人：「政府應該把規定放寬一點，造福更多的人才對啊！」

「是啊！殺了我來造福你們這些人吧！」吳可風聽得不耐煩了。

女兒：「如果他的家屬同意的話，這樣就不會有問題了吧！」

「好啊！如果你們找得到我的家人！」吳可風越聽越生氣。

婦人：「他們如果地下有知，應該也會想捐出自己的器官，他們又用不到！」

「這位大媽，我都還沒死呢！如何地下有知！」吳可風就要瘋了。

女兒：「人之將死，其言也善啊！如果死前可以行善的話，他們一定會樂意的。」

「天啊！這兩個女人真是神經病！阿雅，妳們為甚麼還不走呢？拜託妳們趕快走吧！」吳可風快要崩潰了。

阿雅：「楊醫師，我們是不是該走了，陳媽媽需要休息。」

醫師：「嗯！陳女士記得少說話、多休息，血壓和心情都要穩定下來，這樣開刀才會順利。」

醫師和阿雅終於離開了，但是這對母女還是說個不停，兩個人一直圍繞著植物人捐贈器官的話題。儘管吳可風覺得自己就要瘋了，卻無法逃避。他只能被迫聽著「長舌母女的胡言亂語」。

「如果現在發生大地震就好了！起碼這兩個人會馬上閉嘴！」

「唉！其實她們說的也沒錯，像我現在這樣，不如死了吧！」

「難怪阿祥他們都沒來……就算來了，也只能看著一具屍體……或許，他們根本不知道我住院了……也許，他們來過了，只是我沒聽到聲音。」

「哎呀！當時的急救員本來就不應該救我……不對！當年我根本就不應該活下來……唉！莫名其妙活了三十年，現在這般生不如死，到底所為何來？」

「吳聲！你為何要救我一命呢！如果你沒把我的哭聲當回事，你自己可以多活好幾年，我現在也不會這般受罪了。」

「事到如今，想這些都沒用了。睡覺吧！最好能一睡不醒。」

「是啊！我也只能在夢中和別人說話了。」吳可風無奈至極。

他拼命想讓自己睡著，頭腦卻越來越清醒，因為他無法讓自己聽不到聲音。母女雖然停止了捐贈器官的話題，婦人卻沒照醫師的囑咐好好休息，又和女兒說起了出院以後的事情。她說手術後打算住到南投的深山裡，說那裡有一間「萬佛寺」，環境清幽秀麗，還有大片的農地。她不停地說寺裡的住持與她如何有緣、那裡的師姐對她何等親切，她將在寺裡好好地修行，過著規律的生活，恢復原有的活力。一言一語之間，輕盈的腳步聲在走廊響起，越走越近。吳可風聽到了腳步聲，知道救星就要降臨。

阿雅：「陳媽媽，手術的時間快到了，我們先量血壓，等一下到二樓的開刀房。」

吳可風聽了，誠心祈禱婦人的的血壓不可以太高。

阿雅：「收縮壓175、舒張壓108，這樣有點高。嗯……我先去問一下楊醫師，等我一下！」

女兒：「媽！妳看啦！妳一直講話都不休息，如果開不了刀怎麼辦哪？」

婦人：「我根本睡不著，怎麼休息啊！血壓太高不是吃藥就會降了！怎麼可能開不了！」

女兒：「媽！我拜託妳不要再講話了，搞不好等一下還要再量一次呢！」

婦人：「好啦！」

母女雖然不說話了，兩個人的呼吸聲卻大得很。片刻之後，阿雅又來了。

阿雅：「楊醫師說還是先到二樓準備，到時候再量一次。如果沒有繼續升高，應該可以進行手術。」

女兒：「媽！保持安靜啊！」

婦人：「好啦！」

四周終於靜下來了，吳可風卻想起了器官捐贈。

「如果我還沒昏迷之前就同意捐贈，應該不會落到這般地步吧。唉！我以前根本就不知道這件事，要怎麼同意呢！如今像個死人躺在這裡，心裡想捐也沒人知道。要是真有那麼一天，我真的恢復了，是不是應該考慮捐贈呢？咦！要捐哪個器官呢？哎呀！能捐的全都捐吧！」吳可風想著，不知不覺地睡著了。不知睡了多久，一聲轟然巨響驚醒了他！這聲音雖然異常響亮，卻和耳朵聽到的完全不一樣。轟聲響起的同時，一道強烈的電流從他的後腦衝向頸椎、直下尾椎！

吳可風瞬間清醒，本能地睜開了眼睛。刺眼的強光突然射進眼裡，他趕緊闔上眼皮。

「我看見了！這是真的嗎？我是不是在做夢啊？」他又驚又喜，半喜半疑。喜疑之際，他再次張開眼睛——視野下方果真出現了明亮的縫隙！

「是日光燈！太好了！」吳可風的內心狂喜，有如獄中的死囚重獲生命，眼前的光芒刺眼異常，卻擋不住他睜眼一看的慾望。只見一座日光燈橫在天花板上，兩支燈管散發白色的光芒。吳可風避開強光，看向兩旁：一面白牆立在右方，綠色的百葉窗完全關上；銀色的床簾懸在左方，由天花板垂向了地板。他興奮至極，想要大喊，但是他張不開嘴巴。吳可風心生一計，左看右看、望上望下。他讓眼珠子動個不停。慢慢地，他感覺到自己的身體了！雖然嘴巴動不了，喉嚨發不出聲音，但他知道自己的肺正在呼吸。他用力吸氣，緩緩吐氣，多次吸吐之後，腦中的記憶逐漸被喚醒。他尋思車禍當時的經過，驚心動魄的影象在腦中重播。吳可風越想越緊張，愈想愈激動。他的心臟狂跳不已，全身熱到不行。激動之後，心跳回復正常，頭腦恢復冷靜。吳可風開始回想自己的過去。歲月的痕跡像蜘蛛結網般不停延續，難以磨滅的往事一幕幕浮現在腦海裡，吳可風終於想起了過去的點點滴滴。

吳可風依舊躺在病床上，還是發不出聲音，但是他的內心雀躍不已。他望著天花板，想著如何讓進房的護士知道他醒了。看了許久，小蘭進房了。

「小蘭，趕快過來啊！」吳可風迫不及待了。他雖然喊了，嘴巴卻閉著。小蘭停在第一張病床，動手整理床上的被套、床單。吳可風用盡全力，吸氣吐氣。他認為自己的呼吸聲足以引起小蘭的注意。片刻後，他吸氣吸到沒力了。同時間，小蘭的動作也停了。他以為小蘭聽到了，結果小蘭抱著換洗的東西走了！

「別急，還會有人進來的，再等等吧！」吳可風只能安慰自己。

走沒多久，小蘭又回來了。

吳可風又是拼命呼吸。不僅如此，他盯著那塊床簾，祈禱它被拉開。唰的一聲！簾子真的動了！它縮在一起了！接下來，一個穿著白袍、綁了馬尾的女子來到床邊。吳可風盯著小蘭，不敢眨眼。只見小蘭拿起一截透明的管子，接上手中一個袋子。吳可風一邊瞧著她的側臉，一邊用力呼吸。小蘭將左手撐在床墊上，看著前方。吳可風看她毫無反應，急得像是熱鍋裡的螞蟻。他緊張到不行，甚至聽到了心臟狂跳的聲音。儘管如此，他只能繼續吸氣吐氣。不久之後，小蘭收起左手，雙手動個不停，接下來，她放下那條管子，將布簾拉回原位，走出房間。

吳可風喪氣地看著天花板，不願閉上眼睛。因為他不甘心。另外，他對睡覺這件事感到莫名的恐懼。他擔心睡醒之後不能像現在這樣張開眼睛。走廊上偶爾傳來護士經過門口的腳步聲，卻始終沒人進門。吳可風一直盯著天花板，看到眼睛有點酸。他正感灰心，阿雅走過來了。她走到門口，停下腳步。

「太好了！阿雅來了！」他高興了一下。

咔的一聲，眼前黑了！看見燈被關了，吳可風又洩氣了。雖然看不到燈管，他還是盯著天花板。慢慢地，燈管、燈座在黑暗中重現了。吳可風打起精神，繼續盯著。看了許久，他感到眼皮沉重無比，視線模糊不清。吳可風很想撐住眼睛，卻受不住眼皮的壓力。他還是睡著了。

「小心推，慢慢來沒關係！」阿雅的聲音傳進了吳可風的耳朵裡。他睜開了眼睛，聽著滾輪的滑行聲、女子的腳步聲，知道接受手術的婦人回來了。

「停這樣就行了。手術後的注意事項我放在這裡，記得讓陳媽媽好好休息。」阿雅說完離開了。

「唉！阿雅也走了，甚麼時候才會有人注意到我？」他望著床簾，內心沉到了谷底。

他還在沮喪，簾子突然滑向一旁！同時間，一個略胖的女子站在簾邊！吳可風斜眼看她，兩個人四目相望。女子怔了一下，退回簾子後方。吳可風盯著布簾，眼睛不敢眨。房間內的氣氛頓時變得很沉重，卻又好像甚麼事情都沒發生過。

「小姐！別裝做沒看見！趕快去通知阿雅她們啊！」吳可風想吼她，卻張不開嘴巴。

四周安安靜靜地，只聽得儀器發出的滴滴聲。簾後的女子就是不露臉，不作聲。吳可風看到兩眼發酸，淚水在眼眶裡打轉。

「唉！這些人！」他無奈地閉上雙眼，眼角滑落了兩行淚。

他正在感傷，一男一女的腳步聲出現在走廊上。楊醫師和阿雅一起來了，兩個人進到房內，停在隔壁床。

楊醫師：「陳女士，頭還昏不昏啊？還是有哪裡不舒服的？可以的話，要做抽血檢查。」

婦人有氣無力：「是有一點昏啦！醫師，我覺得傷口還是很痛啊！」

楊醫師：「現在感覺頭昏，或是傷口有點痛都算正常，妳的體溫也在正常範圍，記得要按時服藥。」

阿雅：「陳媽媽，我們來抽血了。」

楊醫師：「手術後要儘量休息，避免和外面接觸，這樣才不會發生感染。」

婦人：「嗯！小玲，等一下打電話回家，叫妳妹妹她們不要來醫院了，免得我被感染。」

楊醫師：「出院後也要儘可能戴上口罩，最好不要去公共場所。」

婦人：「這個你放心，出院之後我要去南投的佛寺修行，那裡都是清靜的出家人，山上的環境也很乾淨。」

楊醫師：「那樣很好啊！可以爬爬山，種種菜。」

阿雅：「好了！我貼一下膠帶就行了。」

楊醫師：「陳女士記得好好休息！目前最要緊的就是移植後的排斥反應，等完成血液檢查報告，我們會詳細評估，再做後續的治療。」

婦人：「我知道，謝謝楊醫師的提醒。」

楊醫師和阿雅走出了病房。吳可風始終沒有睜開眼睛，因他認為沒有人會走過來看他，但他打從心底希望聽到那刷的一聲。然而，那塊床簾還是靜靜地垂在那兒。

「他們兩個人在房裡至少待了五分鐘！前前後後和妳媽交談了十幾句！妳這個長舌女竟然從頭到尾不發一語！妳到底有甚麼毛病！」他忽然激動了。雖然心中氣憤難平，吳可風還是閉上眼睛。儘管如此，他的心裡還是希望聽到她們說話的聲音。但是婦人這次真的照醫師的囑咐好好休息，她的女兒仍然不發一語。

不久之後，阿雅又走過來了，越走越近。刷的一聲，床簾拉開了！吳可風瞬間睜開了眼睛，一個戴著口罩的短髮女孩進入了他的眼裡！阿雅沒有看他，走到靠近床頭的地方。她站的位置和小蘭站的一模一樣。吳可風拼命睜大眼睛，用盡吃奶的力氣呼吸，但是阿雅繼續做自己的事情。她貼著床緣，拿起管子，接上袋子。她的動作和小蘭完全一樣。吳可風看著阿雅，越看心越慌。阿雅撐著床墊，直視前方。正當吳可風以為這又是白忙一場，一張圓臉突然出現在簾子旁！只見「長舌女」靜靜地走到阿雅身旁。

「護士小姐，這個人的眼睛睜開了耶！」

「妳說甚麼！天啊！這怎麼可能！」阿雅低頭看向吳可風，兩個人四目交會。

雖然口罩遮住了口鼻，但阿雅的眉眼看來果然精明，和吳可風猜想的一樣。

「你……你……可以看見我嗎？」阿雅竟然結巴了。

吳可風的心臟狂跳，很想對她說可以，但他只能眨眼睛。

「你可以說話嗎？」

吳可風閉上眼睛，停頓三秒，睜開眼睛。

「這……這真的是奇蹟啊！」

阿雅轉身跑出了病房，須臾之間回到病床。一男一女跟在她的後方。吳可風光從腳步聲便知道前來的男人是楊醫師。站在一旁的女護士不發一語，吳可風對她無從想起。這護士似乎對吳可風如何醒來充滿好奇。楊醫師先問吳可風多久以前清醒，又問他何時可以聽見聲音、睜開眼睛。

吳可風一邊聽著問題，一邊想著要如何眨眼睛。不知過了多久，也算不清眨了多少次眼睛，他終於答完了所有的問題。

隔天早上，阿雅和兩個醫護員來了。這兩人一開口就問吳可風能不能聽懂她們說的。吳可風聽了還是眨眼睛。三個護士彼此交談，討論如何進行復健。到了下午，其中一名醫護員獨自來了。

「因為長期癱在床上，你的肌肉嚴重萎縮，關節完全僵硬……」她坐在床邊告訴吳可風後續的復健如何進行。吳可風聽得清清楚楚、明明白白，但他只能眨眼睛。解說之後，醫護員抬起吳可風的手臂，側翻他的身體。吳可風被她左翻右翻了十幾回。翻完身體之後，她讓吳可風躺平，按摩他的主要關節。吳可風躺在床上，聽著她的呼吸，直到她氣喘吁吁。隔天早上，另一位醫護員來了。她同樣翻動吳可風的身體，按摩他的四肢關節。她們每天早上輪流幫吳可風進行復健。兩個星期之後，吳可風的身體終於有了反應。雖然全身軟趴趴，整個人像漿糊一樣，但他被翻動的時候會配合使力。醫護員除了翻動身體、按摩關節之外，同時指導吳可風如何自己使勁。一天傍晚，兩個熟面孔進到了病房。他們不是別人，正是施高山與王祥。兩個人看見吳可風躺在床上的模樣當場愣住，因為他們已經一年沒有見過他了。

吳可風車禍之後沒回公寓，與他同住的王祥覺得事出有因。他聯繫偉成公司方知吳可風車禍住院這件事情。他在電話中詢問吳可風送進了哪家醫院，偉成的小姐回答他：「這要問台南的消防局，救護車是他們派去的。」他打電話到台南縣消防局卻沒人理，因為他不是傷者的家屬或親戚。王祥只好請偉成公司幫他查詢。

「台南某一家有急診室的大醫院。」小姐如此回答。問了兩次，都是一樣。王祥聽得火大，在電話中對著偉成的小姐開罵，之後偉成公司聽到王祥的來電便直接掛斷。後來吳可風突然甦醒，阿雅聯絡了榮民服務處，服務處依吳可風的住址寄了通知，王祥因此得知吳可風住在榮民醫院，於是約了施高山前來。兩個人進房之後愣住了，站在那裡發傻。吳可風見了他們卻是欣喜若狂。儘管如此，他的鼻孔插著管子，咽喉神經麻痺，只能一直眨眼睛。兩個人看著吳可風猛眨眼睛卻不知如何回應。還好小蘭進到了病房，說了吳可風的身體狀況，告訴兩人與他溝通的方法。小蘭離開之後三個人互動了。

好笑的是，王祥開口的第一句話竟然是：「可風，你知不知道自己已經瘦到皮包骨了？」施高山接著問：「可風，你還認不認得我們兩個？」

雖然吳可風覺得他們的問題跟剛才的表情一樣傻，他還是認真地眨眼睛回答。兩個人呆板的表情沒了，變成自在的神情。從那天起，兩人下班之後經常來到病房。他們坐在床邊，一面告訴吳可風自己的近況，一面幫他進行復健。

施高山半年前和一位建築師合夥開了一家金屬創作工廠，專門從事餐廳、戲院、別墅的設計裝潢。他還帶著作品的相本前來，吳可風看得目不轉睛。另外，他告訴吳可風一件事情。他說建築師有個高中同學，叫做「小芬」。小芬在保險公司當專員，常進公司找建築師聊天。施高山喜歡和小芬說話，因為她愛對施高山的作品發表看法。儘管如此，她卻不曾向施高山推銷保險。最重要的是，小芬目前沒有男朋友。施高山想追小芬，問了吳可風的意見。吳可風聽後猛眨眼，頭亂點。

王祥一直問吳可風記不記得誰。他一下子問吳可風記不記得彰化的阿昌和溪湖神鵰，又問他記不記得廖宏和其他的院童。廖宏去年搬到了台北，在板橋開了早餐店。王祥打算一年後開水電行，他叫吳可風身體恢復後跟著他。王祥說自己統籌外務及施工，吳可風負責看店叫貨。王祥和施高山經常說到一半就停了，因為吳可風看來毫無反應。他們以為吳可風沒興趣聽，其實是他忘了眨眼睛。事實上，兩個人說話的時候，吳可風一直回應著。很多話明明說了，卻只是心裡的聲音。

為了訓練吳可風自行翻身，阿雅和小蘭有空就會進入病房。她們來到床邊將他翻成側躺，接著離開病房。每當吳可風發覺自己被側翻了，便會用盡全力翻回正躺。一段時間之後，吳可風不僅能移動身體，甚至喉嚨都可以發出聲音。雖然他的語意不清，聲音沙啞難聽，但他確實讓別人知道了他的回應。

一天早上，阿雅進到了病房。她輕壓吳可風的下腹部，說要訓練他自行排尿。練習了幾天之後，吳可風擺脫了那條令他困窘的導管。兩個月之後，小蘭推來了一張移動餐桌，上面放著一碗粥。吳可風在她的協助之下，一邊發抖，一邊將粥送入口中。儘管嘴巴無法完全張開，湯匙頻頻掉落，甚至把食物弄進了鼻孔，但是他的牙齒上下咀嚼，他的舌頭品嘗美味。漸漸地，吳可風的體重增加了。

有天晚上，王祥帶來了一部隨身聽，從此之後，吳可風幾乎整天戴著一對耳機。他復健時聽西洋音樂，休息時聽國語歌曲。不僅如此，他還隨著拍子點頭，跟著曲子哼歌。有一次，他靠著牆壁，閉眼聆聽。他正聽得渾然忘我，阿雅冷不防地拿下耳機：「你以後可以考慮出個人專輯喔！」吳可風先是愣了一下，隨後一字字地回答：「那……妳……要……買……哦！」這段期間，吳可風說話的能力大幅提升了。

一天早上，阿雅、小蘭兩個人一起來了。吳可風在她們的攙扶之下終於離開了病床。從那天起，吳可風早上醒來的第一件事情就是「起床」。一段時間之後，他可以自己起床了。不只如此，他撐著床墊移動雙腳，練習腿力。後來，他在阿雅、小蘭的協助之下坐上輪椅，離開了病房。那一陣子，他一起床就想坐上輪椅，因為在走廊上「巡邏病房」是他最期待的事情。幾個月之後，他不再坐輪椅，自己撐著助步器緩步前進。不久之後，他每天搭電梯到七樓的復健室做練習。每次做恢復訓練時，全身的關節疼痛不已，身體彷彿要被撕裂了。

「越痛越要做，不做的話不如永遠躺著，都不要起來了。」每次痛到難以忍受時，他總是這樣告訴自己。

三個月之後，吳可風出院了。他可以拄著拐杖慢慢行走，照料自己的日常生活。然而，車禍終究造成了某些傷害。他的肌肉能夠正常使力，但四肢卻經常發麻，尤其是左大腿、左手臂。他的左手左腳經常莫名地顫動，彷彿有股電流不斷通過，發麻嚴重時，連虎口都覺得發癢。另外，他的腳底板常常無故發燙，情況嚴重時，好像赤腳踩在太陽下的水泥地上，這個時候，吳可風連鞋襪都不想穿了。

一天中午，他出門吃自助餐。剛走出公寓，他感到輕微的尿意，但是他不以為意。他撐著拐杖緩步前進，走過轉角進到餐廳。由於行動不便，他想找個容易進出的座位。然而，走道兩旁的位子都被客人坐了。吳可風一步一步地走去拿餐盤，慢條斯理地夾菜盛飯。他故意慢慢來，等著走道兩旁的客人離開。錢都付完了，卻沒人站起來。吳可風只好站著等待。收錢的小姐見他付了帳卻不端餐盤，只是拄著拐杖站在一旁，當下以為他需要幫忙。她瀏覽店內，看見牆邊有個空位，端起餐盤：「先生，那邊有位子，我幫你拿過去！」

吳可風連忙招手：「不用了，我等走道的坐位。」話方歇，後方有位大叔站了起來。他拿起桌上的碗筷餐盤，走往清廚餘的地方。後方走道終於出現了一個空位。吳可風拿回自己的餐盤，拄著拐杖走向後方。走到一半，膀胱竟然發脹！他趕緊靠攏雙腿，夾緊下盤，但是腹中的尿意竟然越忍越強。他快要憋不住了！正想上廁所，他卻想起了這家店沒有洗手間！

「趕快找小姐問一問！」他隨手放下餐盤。一位大嬸坐在桌邊用餐，吳可風的餐盤碰到了她的盤子。大嬸怔了一下，鼓著腮幫子看他。吳可風顧不了那麼多，更沒時間對她解釋，急急忙忙走向櫃台。

「小姐……哪裡……可以上廁所？」他問得口齒不清。

「可是我們這裡只有員工廁所！」小姐竟然聽得懂。

「我快尿出來了！」這一句他說得很流利。

「從這個門出去，右手邊就是廁所了！」她指向一旁的小門。

吳可風趕緊道謝，快步走到門口。他用拐杖推開門板，果然看見了一扇木門。門板開了一半，裡面透出淡黃色的光。

「那間一定是廁所！」他鬆了一口氣。沒料到心情一放鬆，膀胱突然猛緊縮！

「糟了！就要噴出去了！」他雙腿無力了。儘管如此，他一邊發抖，一邊走進廁所。

「甚麼！馬桶竟然蓋著！」他幾乎尿失禁。上了廁所之後，他全身酥軟，一身是汗。好不容易回到了放餐盤的地方，他發現三杯雞和炒蛋竟然少了一半！

一段時間之後，惱人的耳鳴聲出現了。吳可風不分晝夜地聽著嘶嘶的聲音，好像有一台發射機不停地從腦袋發出電波。耳鳴聲時大時小，時而高音，時而低音。嘶嘶聲在入睡之後特別大聲，有幾個晚上，他甚至被自己的耳鳴給吵醒。

出院之後，吳可風又是每天打電動，不同的是，以前是消磨時間，如今是為了做復健。他白天時玩電動遊戲，晚上和王祥一起聽收音機。兩個人總是一邊吃晚餐，一邊聽職棒。他們最愛聽兄弟隊的比賽實況，說好了要找時間去看現場。

一天下午，吳可風回到了醫院，上到七樓進行復健。兩個小時之後，他離開復健室，來到了神經內科。他坐在椅子上枯等，等到想打瞌睡時，終於輪到他了。他進到診療室，向醫師描述自己的症狀。醫師聽得皺眉，拿出他昏迷前後的掃描片仔細比對。看過之後，醫師告訴他：「不需要過度擔心，這是大腦的周邊神經出了問題。原因在於你的腦部受過強烈的撞擊。這種情形就好像複雜的線路突然被強大的外力拉扯，雖然電路的外觀看來正常，但內部受到損傷，因此出了狀況。基本上，身體會對受損的神經進行修復，但是無法完全復原，這就好像電線破皮之後會發生漏電的現象。如果持續進行復建，這些症狀應該都會改善。」

聽了醫師這番話，吳可風安心了不少。他離開診療間，下到五樓病房，走往值班櫃檯。阿雅正在位子上打資料，小蘭坐在檯子後方排班表。

吳可風走近櫃檯：「小蘭，我想做器官捐贈。」

小蘭一臉困惑：「為甚麼？你都還沒恢復正常人的生活。」

吳可風：「我聽阿雅說過器官捐贈，我想趁早做。」

阿雅轉頭過來：「真的嗎？我甚麼時候對你說過？」

吳可風：「有啊！那個時候，有一個陳媽媽住我的隔壁床，她做了腎臟移植手術。」

阿雅：「有嗎？我沒甚麼印象耶！」

小蘭點頭：「有喔！那個陳媽媽一直說：『開刀後要去南投的佛寺靜養！』她手術時就住508病房。」

阿雅：「啊！我想起來了！她女兒長得胖胖的。可是，我們說捐贈的時候……你好像還沒清醒吧？」

吳可風：「那時候我已經醒了，只是眼睛還沒睜開，我一直躺在床上，聽她們談論器官捐贈。」

阿雅：「那對母女是不是說：『植物人應該盡量捐出自己的器官，很多人都在等待。』對不對？」

吳可風：「對啊！當時我眼睛閉著，身體動彈不得，結果她們一直在旁邊說：『植物人應該這樣，家屬應該那樣，政府又該怎樣。』聽到我都要瘋了！」

「噗！」小蘭笑了出來。

阿雅搗著嘴：「呵！呵！你聽到快要發瘋，結果她們根本不知道你醒著！」

吳可風：「嗯！是這樣沒錯！我當時希望自己再度昏迷呢！咦？我這麼說……很好笑嗎？」

「唉呀！如果當時知道你醒著，我們才不可能在那裡討論呢！現在聽你這麼一說，真的覺得很好笑！呵！呵！呵！」阿雅笑得眼睛都瞇了。

吳可風：「我後來認真考慮了，還是趁著清醒的時候，簽一簽同意書好了。」

阿雅：「嗯！你怕自己哪天又全身癱瘓躺在床上，又聽到隔壁的人討論捐贈器官，是不是這樣？」

吳可風：「不只是這樣，那種無人理會、自生自滅的感覺普通人難以體會，如果我一直沒有睜開眼睛，不知最後會變得多悲慘啊！還不如趁早做個了結吧！」

小蘭點頭：「是啊！還可以做點善事、積些功德。」

吳可風搖頭：「我沒那麼偉大，只是不想再遇上。」

阿雅看向吳可風的拐杖：「你一個人到處走動沒問題了吧？」

吳可風用拐杖輕敲地板：「嗯！我還想去球場看職棒呢！」

阿雅眼睛一亮：「你也想看職棒！我們也想找時間去看！」

吳可風愣了一下：「真的嗎？護士也喜歡看棒球啊？」

阿雅嘟起嘴：「你以為只有男生才看棒球啊！職業運動員最帥了！我們還看過業餘球隊比賽呢！」

小蘭點頭：「對啊！我哥是台電的球員耶！我們去年看過甲組聯賽。」

阿雅：「怎麼樣？沒騙你吧！要不要一起去啊？」

吳可風：「好啊！我朋友也說要找時間去。」

阿雅點頭：「嗯！一起去看，看棒球就是人越多越熱鬧。」

小蘭：「對了！到時候要和我們一起幫味全加油喔！」

阿雅：「咦！你們支持哪一隊啊？」

吳可風吞吞吐吐：「嗯……也沒有特別支持的球隊……只是想到現場……感受比賽的氣氛。」

阿雅猛點頭：「沒錯！看現場真的不一樣，看過以後還會想看。」

兩個星期後，兩男兩女約了時間一起看球。比賽當天，四個人先在體育館的售票處碰頭，見面之後，王祥直接走到窗口掏錢買票，阿雅在吳可風的口袋裡塞了兩張百元鈔。三個人走往球場的入口，吳可風拄著拐杖跟著走。他們經過一面紅色大旗，穿過一群紅衣球迷，走到看台右邊，坐在人少的地方。這天是味全和兄弟的比賽，對面坐了一大群黃衣觀眾。比賽還沒開始，幾名兄弟球員在草皮上練習傳接球。吳可風看得見球衣的背號，卻看不清球員的姓名，只好偷偷問王祥。說了名字之後，兩個人交頭接耳地談論雙方的先發投手，不約而同地預測今天兄弟會贏球。

他們說得偷偷摸摸，阿雅拿出了兩片口香糖遞給吳可風。兩個人趕緊住口。四個人嚼著口香糖，防守方的味全球員紛紛進場，一旁的紅衣球迷大聲鼓譟，阿雅和小蘭用力鼓掌。

王祥搗著嘴：「兄弟，老實說，跟女孩子一起看棒球，坐哪邊都沒差啦！」

一開始，兄弟靠著保送、安打、野手失誤先馳得點。接下來，味全的投手暴投、被安打、再安打，接二連三失了分。紅衣球迷不敢相信，阿雅、小蘭頻頻嘆息。王祥用手肘碰了吳可風，使了眼色看向記分板。兩個人雙唇緊閉，不敢笑出聲音。到了第六局，味全展開反擊。三個球員站上所有壘包，一個高大的黑人球員上場打擊。阿雅和小蘭隨著紅衣球迷起身吶喊。球數兩好三壞，扣的一聲傳來，只見白球朝著右外野飛了過來，越飛越近。球在驚呼聲中飛過眾人的頭頂，越過後方的牆壁。「嘩啷！」球場外傳來了玻璃碎裂的聲音。味全隊終於領先了！紅衣球迷鬼吼鬼叫，小蘭和阿雅開心地不得了。

吳可風和王祥想裝高興也不是，裝成沒事也不是。他們明明坐在紅色的加油區，卻不像是味全隊的球迷，兩個人與歡騰的觀眾形成了強烈的對比。吳可風看看左右，覺得不妥。他貼近王祥：「趁現在站起來活動一下也好。」王祥聽了點點頭。

王祥起身後扶起了吳可風，兩個人不情不願地拍拍手。阿雅忽然朝著吳可風舉起了雙手。吳可風見了，趕緊伸手。阿雅笑拍吳可風的手。擊掌之後，阿雅和小蘭又隨著啦啦隊高喊加油。到了第九局，味全更換投手，一個動作怪異的選手站上了投手丘。他一登板就讓第三棒擊出內野滾地球，接著對第四棒投出了三個好球，只見主審舉起右手，轉身拉弓，一聲大吼。味全的球迷又是一陣歡聲雷動。然而，球場上的歡樂總是不會太久，因為對手的攻勢一波接著一波。就在紅衣觀眾準備慶祝之際，兄弟將分數再度超前。這一邊鴉雀無聲，另一邊氣勢如虹。最後半局，三名味全打者上場打擊，卻是連續出局。只見：**紅衣球迷洩了氣，兩個女孩長嘆息，對面爆出汽笛音，黃衫兄弟笑嘻嘻**。嘈雜之後，四周漸漸安靜，觀眾收拾身邊的物品，一窩蜂地湧向看台兩側。

阿雅看著擁擠的出口：「讓別人先走吧，我們坐一會兒再走。」

小蘭點頭：「嗯！我知道。」

吳可風聽了感受到一股暖意。

「好氣喔！明明就可以贏。」小蘭一臉不甘心。

「是啊！最後一局不該換投手，先發投手明明還可以投。」王祥隨著附和。

阿雅：「下次味全隊來台中，我們再一起來，好不好？」

吳可風：「可是……阿祥比較想看兄弟的比賽。」

王祥臉色一變：「我哪有！看味全的也可以！」

看過球賽之後，查詢職棒賽程、聯絡女孩看球成了吳可風最期待的「工作」。他把味全隊在台中出賽的日期記得滾瓜爛熟。有趣的是，他和王祥自認是兄弟的球迷，但兄弟在台中的比賽他們幾乎場場錯過。雖然看得很不自在，但他們最想看的比賽還是兄弟與味全交手。兩個人聽轉播時幫兄弟加油，進場時則坐在味全的觀眾區，成了身心分裂的「雙面球迷」。王祥被小蘭的外貌所吸引，但他對自己沒有信心。為了幫助王祥，每次看球時吳可風都讓他坐在小蘭身旁。

漸漸地，吳可風的身體慢慢復原，活動力一天勝過一天。從他的言談舉止來看，很難想像他曾經是個植物人。他康復後和復健時根本是判若兩人。然而，對此最感到開心的卻不是他本人，而是曾經默默照顧他的兩個女生。她們看著吳可風從癱瘓臥床到走進球場，由昏迷不醒到談笑風生，內心產生了無比的成就感。尤其是那一天，吳可風竟然拄著拐杖說想做器官捐贈，兩個人當下認為吳可風是個善良的男生，同時覺得一年的辛苦相當值得。看過幾場球賽之後，她們知道吳可風和王祥表面上是朋友，其實是一起長大的異姓弟兄。她們以前就看過王祥和施高山到醫院幫吳可風按摩，當時兩個人還在納悶三個男人之間到底是甚麼關係。

對阿雅來說，吳可風不只是善良而已，他還相當幽默。有一次，阿雅問吳可風：「身體恢復以後是不是打算找個『坐辦公桌』的工作？」

沒料到吳可風竟然回答：「不是有椅子可以坐，為何要坐辦公桌？」阿雅笑到差點肚子痛。

另一次，阿雅偷偷問吳可風：「大家都覺得小蘭長得比我好看，你覺得呢？」

「我覺得……『群眾是盲目的』這句話說得一點都沒錯。」吳可風邊說邊搖頭。阿雅雖然甚麼也沒說，卻是開心在心頭。她不只試探吳可風對自己的看法，也想知道吳可風對未來的規劃。同時間，吳可風也感覺到阿雅對自己的關切，但是他自認身體尚未完全復原，也沒有一份固定的職業，只好將那份關切且放一邊。然而，當阿雅知道吳可風的身世之後，關注之情油然而生。從此之後，阿雅為了和吳可風一起看球，總會想辦法換班排休。一男一女雖不是情侶，卻是越走越近。

王祥果然自立門戶了。他在北屯租下一間透天屋，買了一輛小貨車，開了一家水電行。兩個人搬出了公寓，住到三樓。水電行的店面設在一樓，二樓成了倉庫，王祥總管公司的營運和現場施工，吳可風負責看店叫貨。王祥還從前公司挖來了一個水電師傅，這個人就是阿源。阿源和吳可風一樣，都入股過地下投資公司，不同的是，他是瞞著妻子偷偷投資。最糟的是，他領過三次利息就遇上了停止出金，因此幾乎損失了所有的本金。夫妻為此吵到差點離婚。阿源來了以後負責跑工地，他老婆成了公司的會計。由於許多建設公司在幾處重劃區大興土木，王祥和阿源經常加班加到人仰馬翻。因此，水電行在成立之初便奠定了穩定的根基。

王祥為了事業只能減少看球，漸漸地，小蘭也不再每場必到了。接下來，吳可風和阿雅兩個人手牽著手。他們不只進場看球，也會吃飯逛街，走進戲院。他們最常約會的地方正是離球場不遠的台中公園。

職棒球季結束在十月中旬。雖然球賽沒了，兩人約會的次數反而有增無減。他們不只是散步逛街，甚至搭客運到知名的風景區、遊樂園。

看到吳可風經常出門和阿雅約會，王祥有點不是滋味。他不是吃醋，而是羨慕。他忙於自己的事業，已經有兩個月沒見到小蘭的面。他向吳可風抱怨，要吳可風想想辦法，免得小蘭跟別人交往。吳可風將王祥的話告訴了阿雅。阿雅聽後，淡淡回答：「我會看情況幫他，但是感情這種事情不能勉強。」吳可風照著回覆了王祥。王祥無奈，沒法可想。

一個星期天，施高山來到了水電行。吳可風跑出去約會，不在店內。王祥趁機向施高山大吐苦水，他還用酸溜溜的口氣說吳可風「只顧異性，不管兄弟」。施高山聽了一臉尷尬。他安撫王祥，說自己會「找個異性，來幫兄弟」。果然，一個寒冷的冬夜，施高山帶著一個女性來到了水電行。此女就是小芬，正是施高山向吳可風提過的女生。小芬與施高山交往已久，她的點子很多。當晚，吳可風準備了一桌火鍋，王祥開了一瓶高粱酒，四個人圍著爐子吃飯聊天。一開始，他們談到水電行的現況。王祥說建築業的景氣如日中天，水電行的業務蒸蒸日上，他和阿源動不動就加班，連看場球賽都找不出時間。他說得口沫橫飛，烈酒一杯接著一杯。接下來，他們說到如何和女孩子交往。王祥馬上安靜，連吳可風也不吭一聲。小芬見氣氛不太對，趕緊問吳可風都去哪些地方約會。

「有比賽就去球場，不然就是逛街吃飯。」吳可風答得簡短。

話方歇，只見王祥擺著一張苦瓜臉：「唉！我不想吃飯逛街，我只想見小蘭一面！」他說完又喝了一杯。

吳可風一臉無奈：「球季都結束了怎麼約，等明年吧！」

小芬：「你們也可以去 KTV 唱歌啊！別只是看棒球、看電影、吃飯、逛街，這樣感情發展很慢啦！」

施高山：「對啊！可以找小蘭一起去啊！」

小芬：「是啊！四個人雙雙對對，擠在包廂唱唱情歌多好啊！」微醉的王祥聽到了唱情歌，又舉起酒杯連喝三杯。當晚他喝得大醉。

吳可風果真向阿雅提起了「四個人一起唱情歌」。「小蘭也喜歡唱歌，我跟她說。」阿雅回得乾脆。王祥聽說約到了小蘭，興奮地要請吃晚餐。元旦正是星期天，他們約在百貨公司碰面。這一天，吳可風、王祥先到了。很快地，兩個女孩也來了。王祥一直嚷著要見小蘭一面，然而小蘭一出現，他卻紅了臉。吳可風故作不解：「你又沒喝酒，為甚麼臉紅？」王祥聽了一臉呆樣，女孩們笑得合不攏嘴。

四個人先逛了百貨公司一圈，傍晚進入美食街。王祥推薦吃鐵板燒，四個人進到了店內。服務生迎上前，招呼他們坐在桌邊。吳可風拉住了王祥，叫他去拿菜單。女孩就坐之後，吳可風坐在阿雅的右邊。王祥拿來了菜單，放在小蘭面前。他坐在小蘭左邊，叫女孩儘量點。兩個女生拿著菜單看了半天，之後點了兩份雞肉套餐。吳可風不客氣地點了一份海陸大餐，接著換王祥點。王祥拿起菜單，看著照片：「兄弟吃甚麼，我也吃甚麼。」他點了一樣的。廚師炒好了雞肉，送上女孩面前。吳可風夾起阿雅點的，直接送進了嘴裡。

「呼！好燙！」他一邊咀嚼，一邊吸氣冷卻。

「沒人跟你搶，急甚麼！」阿雅輕拍他的左肩。王祥想學吳可風，卻不敢動手。用餐之後，四個人走向 KTV 門口。行走之間，他們看見一些人站在路邊排隊。一問之下，原來都是等著進店的人，到了門口，只見男男女女擠在櫃檯之前。

阿雅：「天啊！沒想到現在愛唱歌的人那麼多！」

小蘭：「你們預約了嗎？」

吳可風：「還好預約了，否則這下沒戲唱了。」

「妳們在這裡等一下，我去櫃檯找服務生。」王祥說完鑽進了人縫。幾分鐘之後，王祥從人群中冒了出來：「走吧！我們預約的時間到了，再不趕快上樓，包廂又要被其他人搶走了。」

阿雅：「我們不是預約了嗎？為甚麼還會被搶走！」

王祥：「現在裡面亂糟糟的，很多人沒有預約直接來了，有人預約了卻還沒到，沒預約的想唱歌卻不想等，他們見到空包廂就闖進去，服務生正在趕人。」

阿雅嘟起嘴巴：「哪有人這樣！沒預約就排隊啊！」

王祥：「看這個場面，今天應該排不到了。你們跟著我，我們上樓了。」

王祥擠進了人群，小蘭、阿雅緊跟在後，吳可風走在最後。一行人擠在人縫之中慢慢走。好不容易走上樓梯，四個人鬆了一口氣。他們爬上三樓，進入包廂。房間雖然是空的，桌上卻放著幾罐開過的啤酒。不只如此，菸灰缸裡還有一截菸頭正在冒煙。另外，空氣中瀰漫著一股菸味。

王祥：「這些東西等一下會收走，這間包廂剛才有幾個人偷跑進來，服務生好不容易才把他們勸走。」

小蘭摀著鼻子：「可不可以換別間？這包廂的菸味好臭喔！」

王祥聽小蘭這麼一說，就想換別間。他正要走出門口，服務生迎面而來。王祥側身讓過。服務生走到桌邊，一手撐開塑膠袋，一手將罐子收進袋子。

阿雅：「先生，我們可以換包廂嗎？這裡面還有菸味耶！」

「如果你們離開這間包廂，今晚大概沒得唱了，因為所有的包廂都客滿了。」服務生邊擦桌面邊回答。

小蘭一臉無奈：「好吧！別換了！」

服務生直起身子，看著王祥：「這位先生也知道，我們好不容易才把闖進來的人勸出去。」

王祥點頭：「是啊！現在真的找不到其他包廂了。」

服務生：「如果確定要唱，請先到櫃檯結帳。」

王祥：「我們打算唱多久？」

阿雅：「先唱兩個小時好了。」

服務生：「兩個小時嗎？時間到了不能延長喔！今天的客人真的很多。」

兩男兩女只是對望，無人回答。

服務生：「確定了嗎？」

吳可風：「兩個小時就好了，以後多的是機會！」

王祥隨著服務生前去結帳；女孩拿著點歌本左翻右翻。吳可風只唱過伴唱機，從沒點過歌曲，只好坐在一邊看著女孩點歌。女孩找到了要唱的歌，卻發現遙控器不見了。吳可風一下子就找到了，原來它放在電視櫃的底層。兩個女孩搶著點歌，隔壁包廂傳來了吼聲。幾個男人吵起來了，越吵越大聲。他們不只對罵，還拿東西互砸！三個人聽得面面相覷，不知如何反應。

小蘭一臉擔心：「這裡這麼亂，我看今天不要唱了。」

阿雅：「以後再來好了，現在這種氣氛根本唱不下去。」

三個人正要起身，隔壁的叫罵聲停了。然而，走廊上出現了跑步聲。

阿雅：「等一下再出去，吵架的人都跑到外面了。」

吳可風：「妳們在這裡等，我去找阿祥，跟他說今天不唱了。」

小蘭：「不知道他結帳了沒有？」

吳可風：「妳們先待著，我到櫃檯找他。」

阿雅：「先看一下，還有沒有人在走廊？」

吳可風開門打探，看見走廊上空空蕩蕩。他趕緊走出包廂。走沒幾步，身後響起了一陣腳步聲，幾個人在後面邊走邊罵人。吳可風不想理他們，只想趕快找到王祥，告訴他別付錢了，今天不唱了。身後的人來勢洶洶，似乎在尋找某個人。吳可風不想別的，只想趕快離開這些人。正要下樓，他聽到了一聲喊：「就是他！不要讓他跑了！」剛喊完，有個人跑到了他的後方。吳可風正想回頭看，後腦卻挨了一下。他滾落樓梯，昏死過去。

十一、陰陽不測謂之神

天地氤氳始化醇，男女構精萬物生，陰陽不測謂之神，神用無方謂之聖。

吳可風才失去意識就恢復清醒，他回神的速度快過了眨眼睛。雖然一下子就醒來了，但他發現眼前一片黑暗，就像當年癱瘓在床。他聆聽周遭的聲音，卻聽到了無盡的死寂。他回想自己昏迷的原因，馬上想起了 KTV。

「那傢伙明明認錯人了！下手還這麼狠！他好像用滅火器。唉！我一定又受重傷了。」

「不知道我昏迷多久了？再聽聽吧！搞不好會聽到阿雅和小蘭的聲音。」

然而，當下只是安靜，有如太空之虛。吳可風納悶不已，因為他感覺不到任何東西，彷彿一切都消失了，就像太陽蒸發了水滴。

「嗯！聽不見聲音也不見得是壞事，至少不會聽到一些莫名其妙的。而且，這次我一下子就想起了自己是如何受傷的，昏迷的時間應該不是很久，以後做復健應該比較輕鬆。」他慶幸了起來。

他正在高興，一個怪聲忽然響起。這聲音嘰哩咕嚕的，說遠不遠，說近不近，乍聽之時很清楚，仔細傾聽變模糊。吳可風專心聆聽，卻是越聽越糊塗，因為這是他從來沒有聽過的怪聲。好像有人隔著一堵牆對他說話，聽來又像是氣泡不停地冒出水面。

「這個聲音像個男人，可是……他怎麼說得這麼不清楚啊？這是醫生的聲音嗎？他正在對我說話嗎？」他摸不著頭緒。

正在猜疑，一個婦人的聲音忽然響起：「阿豪，你結婚以後要住哪裡，自己可是要先想清楚啊！」

吳可風聽了，發覺這個婦人的聲音異常熟悉。

「你們如果回台中，我還可以幫忙照顧小孩。」婦人繼續說。

「嘰哩咕嚕……」

「我的身體很好，陳醫師說移植手術很成功，你不必擔心。」婦人接著說。

「嘰哩咕嚕……」

「這個更不用擔心。陳醫師說了，他比你還年輕。」

「嘰哩咕嚕……」

「孩子的名字你們自己取，我沒有問題，只要姓林就可以。」

吳可風驚了！這婦人的聲音不但熟悉，她的聲調、語氣讓他想起了一個人，一個曾經照顧過他的人。

「沒錯！這是林媽媽的聲音！咦？她住在隔壁床嗎？她正在和阿豪說話嗎？為甚麼阿豪的聲音總是嘰哩咕嚕的？」吳可風納悶不已。

兒時的影像接二連三地浮現在他的心裡，他想起了和林智豪從後門偷溜出去，跑到河邊抓魚，在廟前玩射橡皮筋。

他正在回想，婦人又說話：「對了！阿豪，你們打算在哪裡請客啊？」

「這的的確確是林媽媽的聲音！但是……為何我只能聽到她一個人自言自語？為甚麼我聽不清楚阿豪的聲音？林媽媽不是正在和阿豪說話嗎？」吳可風聽得一頭霧水。

林媽媽突然不說話了，嘰哩咕嚕聲也沒了，週遭又陷入了死寂。

「是阿豪走了？還是林媽媽睡著了？不管怎麼樣，我總能聽到一些聲音吧？這病房怎麼可能如此安靜！」他迷惘了。

他還在茫然，咕嚕聲又響起。不同的是，這次的聲音較為低沉。

「這究竟是怎麼一回事啊？是我的耳朵有問題？還是這些人都戴著口罩？就算戴上了口罩，他們的聲音不至於這麼模糊吧？」吳可風困惑不已。

他還在疑惑，林媽媽再次開口：「陳醫師，我的心臟沒問題吧？我兒子有點擔心。」

「醫師終於來了！」吳可風略感寬心。

「我兒子就要結婚了，我想邀請陳醫師參加喜宴。」

「嘰哩咕嚕……」

「他現在都住台北，結婚後還不曉得。我們不要您的紅包啊！陳醫師能來就很好了！」

「林媽媽躺在病床邀請醫師參加阿豪的婚禮？」吳可風聽傻了。

「謝謝陳醫師，我等一下還有事，先走了。」

「甚麼！林媽媽要走了？她不是住在隔壁床嗎？」吳可風完全糊塗了。

接下來的時間，吳可風一直聽著林媽媽的說話聲和嘰哩咕嚕的怪聲。令他不解的是，他自認聽力敏銳無比、理解力少人能及，卻始終聽不出自己身在哪裡。更奇怪的是，林媽媽一直說個不停。她總是突然和別人說話，大部分是阿豪，有時是阿美，或是醫師、護士，有時是鄰居、親戚。最怪異的是，這些人竟然都圍繞著林媽媽，因為她隨時和他們說話。

事實上，吳可風只是聽著林媽媽的自言自語，因為他不明白其他人說了甚麼。這些人只會發出嘰哩咕嚕的怪聲，只有林媽媽聽得懂這些聲音，因為她和這些人說得有條有理。另外，吳可風發覺了一件最詭異的事情：這次清醒之後，他竟然一直醒著！他不再睡覺，也不知疲累，甚至感覺不到自己的一切。

吳可風無奈至極，只能聆聽。正想聽，林媽媽和咕嚕聲又說個不停。

「阿美，妳哥哥結婚那天記得要請假回來啊！」

「我的心臟沒問題啊！等妳哥的婚事忙完，我還要幫病患看診呢！」

「陳醫師說了，這個捐贈者是個男生，大概三十歲左右。」

「還是要適度運動啦！不然心肺功能會退化。」

「當然要感謝他啊！沒有他這顆心臟，我實在不知道自己能撐多久。」

「陳醫師說過了，我們沒辦法聯絡到他的家人。」

「聽說他以前是個職業軍人，退伍後開過遊覽車。」

「應該是榮民吧！醫院只能透過榮民服務處找到他的資料。」

「想表示謝意也沒辦法，找不到他的家人啊！」

「這算是緣分吧！陳醫師說：『他是意外死亡的。』不管怎麼說，他都是我生命中的貴人。」

聽著，想著，吳可風終於明白了。他沒有癱瘓，也沒躺在病床，因為他已經「死亡」。他之所以醒著，是因為他在世時簽署過器官捐贈。透過移植，他的心臟進入了林媽媽的身體。於此同時，他的意識來到了林媽媽的內心。吳可風尋思這一切，卻不覺得難過，因為他沒有心痛的感覺。他雖然醒著，卻毫無知覺。他的世界只有林媽媽的自言自語，還有嘰哩咕嚕的怪聲。

儘管吳可風弄清了自己的處境，心裡卻冒出了更多問題。

「這不太對！為甚麼林媽媽說的很清楚，別人說的總是模模糊糊？為何她一下子和阿豪說話，一下子與陳醫師對談，又突然跟親朋好友聊天？這些人不可能都住在一起！」

「咦！難道她一直跑來跑去？這不可能！還是這些人一直待在林媽媽身邊？」

「這更不可能！難道林媽媽自己一邊自言自語，一邊發出嘰哩咕嚕的聲音？」

「這也不對！她確實和這些人對談，只是我聽不清楚他們說的。」

「她隨時和不同的人說話，這只有一種可能——她正在做夢，而我在她的夢境之中！」

吳可風終於發現了！林媽媽清醒的時候，他的意識遭到了封閉，有如身處幽冥太虛。當林媽媽進入了夢境，他聽得到她的喃喃自語，還有嘰哩咕嚕的聲音。透過林媽媽的夢中話，吳可風知道了她的想法。後來，吳可風發現嘰哩咕嚕的怪聲從何而來了。那是林媽媽在心裡模仿別人的聲音！在她的夢裡，所有的聲音、一切的情境都是她自己創造出來的，唯有那些自言自語出自於她的心，同時也是他的心。

吳可風明白了自己的處境，卻掉入了更深的迷惘裡。

「我現在該怎麼辦呢？繼續似有似無地待在這裡，直到林媽媽也死去？還是想辦法離開這個地方？等等！離開之後我會去哪裡？到陰曹地府？還是西方極樂世界？」

「省省吧！這裡上下四方一片漆黑，從何離開？如何離開啊？」

「唉！只能等了，像上次那樣，等時間到了，所有的事情都會解決的。」

「如果等不到……還是等吧！等林媽媽的時間也到了，就可以離開了！」他釋懷了。

他才想開了，林媽媽又說話了：「阿豪啊！我和你爸就只有你這麼一個兒子，我們不放心。」吳可風聽著夢話，心中閃過了一個想法：何不試一試，搞不好我能和林媽媽說話！

「林媽媽，我是可風啊！你還記得我嗎？」他趁著阿豪的咕嚕聲還沒出現，搶先回答。

「阿豪嗎？唔……你說甚麼？」

吳可風一字一字地：「林媽媽，我不是阿豪，是吳可風！小時候住在你家的可風，我的心臟移植到你的身體了！」

「你是誰？啊！阿彌陀佛！阿彌陀佛！」

「吳可風，以前推兩輪車賣水果的吳聲的兒子，記起來……」

話還沒說完，四周又是一片死寂。

「哎呀！她醒了！她竟然在夢中念佛，我是不是嚇著她了？」

「對了！她能聽見我的聲音……這表示我是獨立的，我的心神屬於我自己！我不是她的一部分！」

「唉！我不過說了幾句，她就嚇成這樣，就算我的內心能夠獨立，那又如何！我還不是只能待在這裡，不斷地聽她自言自語。」

「算一算，她已經二十幾年沒看過我了，我八歲以後就沒和她說過話了，她當然不認得我的聲音。」

「嗯！必須用小時候的聲音跟她說話才行。」

「咦？我如何用八歲的聲音跟她說話？我怎麼知道自己小時候的聲音？我沒法發出八歲的聲音啊！」

「有了！我必須進入林媽媽的記憶！在她的腦海裡，多多少少記得我當時的聲音吧！」

「如何才能進入她的記憶呢？時間已經過了這麼長，她會不會忘光了？」

他想個不停，一個女生的咕嚕聲忽然響起。

「阿美，妳有沒有男朋友呢？你哥結婚以後就該妳了。」

「還要我幫妳介紹男朋友？真的還是假的！我想想啊！」

「林媽媽在回想了！趕快，趁現在！」吳可風又有了想法。他當下放空了自己，一心一意想著男人的外形。忽然間，一張男人的臉孔浮現了！是個三十多歲的中年人，一個吳可風不認識的人。臉瞬間變了！換成一個戴眼鏡的年輕人。年輕人的樣貌外觀、言行舉止在他的眼前清清楚楚地呈現著。同時間，吳可風感應到了林媽媽對此人的記憶。

「太好了！我進入林媽媽的記憶了！」他高興不已。

「阿美，三十幾歲的妳大概不會接受吧？年紀和妳差不多的我只認識一個，但是他近視很深。」

「妳不喜歡戴眼鏡的？那算了！說不定他已經有女朋友了！」

此時此刻，吳可風感覺到自己和林媽媽心靈相通了。他不再是個孤單的靈魂，因為兩個人的內心合而為一。接下來，吳可風回顧數十年的光陰，在時間中找尋自己的點點滴滴。他發現了一些痕跡，正是林媽媽對他的記憶。吳可風融入了這些記憶。霎那間，往事一幕接著一幕上演，在他的眼前活靈活現。

「林媽媽，我爸爸這次去了醫院，是不是不會回來了？」吳可風說話了，用小時候的聲音。

「嗯？你是誰？」

「我是可風啊！常常住在你家，和阿豪一起玩的可風。」

「唉！可風，你爸爸他不會回來了。」

「我知道他有心臟病，我也知道他這次真的離開了。」

「是啊！我的心臟也不好，還好我遇上了一個善心人，他把心臟給了我。」

「林媽媽，這個人是不是三十歲左右，他沒有家人，對不對？」

「你怎麼會知道？我們真的找不到他的家人啊！」

「其實，他小時候就常住你家，而且和阿豪一起玩、一起做功課。」

「可風你在說甚麼啊？我完全聽不懂你說的。」

「可風就是這個人啊！把心臟捐給你的年輕人。」

「甚麼？你才八歲而已啊！這個年輕人都可以當你的爸爸了。」

「林媽媽，我把心臟給了你，所以我才會出現在你的夢裡啊！」

「這是真的嗎？我是在做夢嗎？」

「是真的！上次你在夢中和阿豪說話，我就出現了，那時候你聽了我的聲音，一直念『阿彌陀佛』。」

「你聽到我念佛了？」

「你念了兩句就醒了，對不對？」

「是啊！忽然有個奇怪的聲音出現在我的夢裡，我以為自己夢到鬼了，嚇死我了！」

「林媽媽，你別醒來啊！我只能出現在你的夢裡，你一清醒，我就沒辦法和你說話了。」

「怎麼說？」

「因為我的身體已經死了，所以我的心臟才會移植給妳。但是，不知甚麼原因，我的心也來了。妳做夢時我會來到這裡，妳一醒來我就離開，我也搞不懂自己離開後去了哪裡，因為四周會變得安靜無比。」

「你說……你的心和你的心臟一起進入了我的身體？」

「嗯！我一直在這裡聽妳說夢話。上次，我忍不住了，對妳說我是可風，問妳記不記得我，結果妳嚇得念佛了。所以，我只好用八歲的聲音和妳說話。」

「我應該聽明白了。可是！可風……為甚麼你這麼年輕就死了。」

「唉！我也不知道，這就是所謂的『命』吧！」

接下來，八歲小孩的聲音沒了，吳可風恢復了原有的聲音。兩個人在夢中侃侃而談。一開始，吳可風說了離開林家之後的遭遇，林媽媽聽得感嘆不已。接下來，吳可風說了自己捐贈器官的原因。

「可風！你真是我命中的貴人啊！」林媽媽輕聲啜泣。吳可風聽到了哭聲，想要看個究竟。才想著，他的意識竟然化成了人形！他生前的樣子出現在林媽媽的夢境裡！同時間，他見到了林媽媽的臉，看著她淚流滿面。才看見，四周又是漆黑一片。

「唉！上次被我嚇醒，這次自己哭醒，女人果然敏感！她醒來之後，擦擦眼淚，應該會繼續睡吧！」

忽然間，一片白光由上方照了下來，四周變得無比光亮！眼前的景象就像清晨的陽光照進了薄霧一般。

「咦?為甚麼會出現這片光?」吳可風好奇不已。

「林媽媽應該睡著了,否則我不會看見這片光。可是……她為何不說話?」

「她是不是夢到自己睡著了?這不可能!別管她了!既然如此,到上面看看吧!到底是啥東西在那裡發光?」才在想,白光突然沒了,眼前又是黑暗。吳可風看得如墜五里霧中,因為這裡的黑與之前的不太一樣。之前的黑令他難以想像,這裡的黑有一種空間感。不僅如此,黑暗之中出現了兩點紅光!紅光之間約是三指的距離,光點的大小如同指甲一般。漸漸地,更多紅點冒出來了!紅光成雙成對地接連出現,佈滿了前後左右的空間!有的光點看來很近,有些遠到遙不可及。

「這一對對的紅點到底是甚麼?怎麼那麼多!」

「看來像是一雙雙眼睛!這裡究竟是哪裡?」

「還是回去好了,這個地方真是怪!」

眼前又是一片光亮!吳可風瞬間回到了原來的地方!往返之間,他有了驚人的發現!人睡著的時候眼睛竟然會發光!眼前的白光來自林媽媽的眼睛,紅色的光點是人們睡著的雙眼。他可以透過林媽媽的眼睛,無拘無束地進出她的內心!知道了這些事情,吳可風心有所憶。他再次離開林媽媽的內心,來到了黑暗世界。不遠處,一對耀眼的紅點吸引了他的目光。他一邊看著這雙眼睛,一邊冥想進入此人的內心。霎那間,眼前出現了光亮之境!還有一個男人正在自言自語!這個男人和一個婦人討論結婚發喜帖的事情。聽沒幾句，吳可風知道這個人不是別人，正是林媽媽口中的阿豪。

接下來，他離開了林智豪的內心，重回林媽媽的心裡。他感應她的記憶，知道了她的過去。林媽媽本名為「王靜雲」，在家排行老么，婚後從了夫姓。林先生在十二年前車禍去世了，這件事情最令她傷心。在那之後，她通過了考試，成為一名中醫師，開了一家診所。她近來總是惦記著阿豪結婚的事情。她希望阿豪婚後回到台中，因她憂心老後無人照應。阿豪成了一名數學老師，最近五年都在台北教書。他的未婚妻是個英文老師，和他在同一所國中教課。吳可風離開林家之後，林媽媽又生了一個女兒，取名「林馨美」。她目前在一間紡織公司擔任業務員。

從此之後，吳可風經常和林媽媽在夢中聊天。吳可風說了自己服役時的所見所聞、當司機的往事經歷；林媽媽告訴他自己遇上的奇怪患者、罕見的疑難雜症。有一次，他們聊到了出國旅行。吳可風說自己從沒出國過，但是他去過澎湖的漁翁島和金門的擎天廳。林媽媽則說自己沒有去過外島，但是她認為最值得去的地方是日本的京都。她還說：「如果有機會的話還想再去。」吳可風聽了心生一計。他在林媽媽的心裡找到了京都的記憶，同時讓她進入了夢境。兩個人穿起了浴衣，跟著一群外國人在京都的街上遊行！從那時起，兩個人經常在夢境裡同遊各地。接下來，吳可風趁著林媽媽入睡時潛入陌生人的內心。他不只窺探人們的秘密，甚至主導他們的夢境。不僅如此，他還化成別人的樣貌、動物的形體、鬼神的外形。他在人們的夢中隨心所欲，而不知情的人以為自己只是在做夢而已。

後來，吳可風看清了黑暗世界，因為他看到了晝與夜。當紅點稀疏少見時，外面就是白天；如果黑暗中佈滿了紅點，此時定是黑夜。另外，老人眼中的紅光黯淡偏藍，內心的白光看來較暗；小孩的紅光耀眼偏黃，內心的光芒相對較亮。

有一次，吳可風在黑暗世界四處遊蕩。眼前佈滿了紅點，此時正是三更半夜。無意間，他見到了十幾對快速移動的紅點。它們整齊地排成了三列，一路向前。吳可風一看就知道這些人坐在巴士裡面。他想起了當年，自己發生車禍的那一天。回憶間，一對眼睛在那邊一閃一閃，忽明忽暗。

「咦?這個人是不是在打瞌睡啊?他不是坐在車上嗎?為何不能好好地睡呢?」吳可風想要一探究竟。怪事發生了!他想要進入此人的內心，卻一直留在黑暗的世界裡，原來這個人正處於半睡半醒。吳可風不得其門而入，準備放棄。正想離開，這雙眼睛整個亮了起來。吳可風總算進入了此人的內心。怪事又來了!這個人明明睡著了，卻不在自己的夢境裡，原來他疲累無比，只想休息。吳可風感應他的記憶，發現他也是一名巴士司機!另外，他今年四十二歲，住在台北市，家有妻子和一個兒子。還有，他正載著十七名乘客從台中火車站出發，將要前往台北火車站!

「糟了!他開車打瞌睡了!」吳可風驚得魂快飛了。他趕緊化成了人形，同時發出警告的聲音。然而，疲累的司機只想繼續睡，甚麼都不聽。吳可風急中生智，化成了他的寶貝兒子，將他喊醒。

十二、神用無方謂之聖

另一次，一對異常的眼睛引起了吳可風的注意，因為它們不只帶著藍光，還移動地很緩慢！

「有個老人夢遊了？」吳可風感到詫異。從位置上來看，這老人似乎位於一棟大樓的正下方，走在第一層的走廊上。令他不解的是，各層各房的人幾乎都睡著了，只有這個老人獨自走著。他走到盡頭，停了下來，快速上升。

「甚麼！他還坐電梯上樓了？」吳可風以為自己看錯了。他沒有看錯，老人不僅上到了頂樓，還在那裡慢慢走。走了幾步之後，老人突然墜樓！「這老人摔下樓了？他真的是個夢遊者嗎？」吳可風糊塗了。

他曾經進入移動中的眼睛，也就是夢遊者的內心。他之前以為夢遊者的夢應該是既生動又有趣，後來才發現這些人根本不在自己的夢境裡。夢遊者的內心一片光明，與天真的幼童無異。吳可風進得了他們的內心，卻感應不到任何的記憶。他認為那是最原始的心靈。此外，他遇過的夢遊者都是十歲左右的小朋友！

吳可風認為這個老人應該不是個夢遊者。他覺得不太對勁，想要查個仔細。老人墜樓之後眼中的紅光漸漸變暗。吳可風知道人的心跳越強，眼中的紅光越亮，紅光一旦消失，人的記憶同時消逝，於此同時，心臟的跳動也會停止。他無法進入死人的內心，因為那裡沒有夢境。老人此時已經奄奄一息，吳可風趕緊進入他的內心。眼前的白光昏昏暗暗，彷彿烏雲密佈的傍晚，吳可風感應老人的記憶，發現了一件意想不到的事情——這根本不是個老人，而是一個三十五歲的女人！另外，這個女人不但沒有墜樓的記憶，她甚至不知自己上到了樓頂！

「難道她真是個夢遊者……這不對啊！夢遊者的眼睛不會帶著藍光，只有老人和心跳無力的人才會啊！這究竟是怎麼一回事啊？」吳可風困惑不已。儘管女人沒有墜樓之前的記憶，吳可風卻想知道她墜樓的原因。然而，眼前的光就要滅了，她的生命力所剩無幾。吳可風知道不能再等了。他趕緊感應此女最深的記憶，發現了一件不尋常的事情！她曾經和一個男人激烈地爭吵，這個人正是她的丈夫。她的丈夫經常流連在外，近來眼神古怪，她斷定丈夫背著她偷情。一天晚上，她看見丈夫和一個女人摟摟抱抱、有說有笑。她看得怒火中燒，那對「狗男女」卻完全不知道。「狗男女」手牽著手進到了一棟大樓，走入一間套房。她見機不可失，趁著門還沒關上，衝進了套房。兩個人見到她，當場愣住了！她上前揪住情婦的頭髮，開口痛罵：「妳這個死不要臉的狐狸精！」情婦被她拉得哇哇大叫，要男人趕快想辦法。

她的丈夫指著她大罵：「妳自已才是水性楊花，到處勾引其他男人，我早就後悔跟妳結婚。」她聽到男人誣賴她，一手揪住情婦的頭髮，一手拿起桌上的菸灰缸，用力扔了過去。煙灰缸飛過男人的右肩膀，打在牆上。玻璃裂了，碎片掉了一地。男人雖然躲開了菸灰缸，卻被她的舉動嚇傻了。他回神後罵她是個「瘋女人」。她一聽，放開情婦的頭髮，衝過去想打男人的耳光。男人驚了一下，轉身就逃。她追著男人跑，兩個人繞著沙發，像小孩子玩捉迷藏。她叫男人「不要跑」，男人說她「打不到」。她追到氣喘吁吁，猛然想起了「最欠揍的是那個狐狸精」。她正想找狐狸精，後腦突然遭到了重擊！女人一輩子的記憶就停在這裡！

吳可風還想感應其他的記憶，卻發現她失去了生命。她的心臟不跳了，吳可風無法留在她的心裡。他瞬間回到了林媽媽的內心。此時此刻，他不只想查清女人墜樓的原因，他更想知道她被攻擊之後發生了甚麼事情。

一個黑夜，吳可風來到了黑暗世界。他將心神化成了千千萬萬個，讓自己進入了數不清的夢境。很快地，他在一個人的心裡找到了獨特的記憶。這個人就是墜樓女子的妹妹，她正為了姊姊的死因苦惱不已。她姊姊早說過姊夫有問題，後來果真查出了姊夫外遇。

那一天，姊姊來找她，哭得唏哩嘩啦。說到後來，姊姊忿忿地告訴她：「這個男人當年甜言蜜語哄我，現在居然敢背叛我，我死都不會干休！」

她認為姊姊墜樓與姊夫脫不了干係。但是，辦案的警員卻向她透露：「妳姊姊是自殺的。她患了嚴重的憂鬱症，還寫下遺書。那天晚上，她自己走到頂樓，將遺書放在地上，脫了鞋子跳樓。」

她不相信姊姊會自殺，反問警察：「我姐姐哪有憂鬱症？你聽誰說的？」警察回答她：「是妳姊夫說的！他告訴我：『我太太買了一堆安眠藥，我發現之後將藥全部扔進了河裡！』」警察的說法她根本聽不進去，但是她無能為力。

吳可風曾經進入她姊姊的內心，也認為她的姊夫的確有問題。另外，他也想知道女人墜樓與丈夫之間到底有無關係。然而，他只是一個有心無體的心靈。吳可風想幫她，想出了一個方法。他化成她姊姊的外形，出現在她的夢境裡，告訴她那天晚上發生在套房裡的事情。

吳可風以為這樣就行了，沒料到她竟然還在傷腦筋！她已經將姊姊托夢說的告訴了員警，調查員也在套房的地板上驗出了姊姊的血跡，鑑識員同時找到了破碎的玻璃，法醫也證實姊姊墜樓之前遭到了攻擊，所有的證據都指出姊姊不是自殺的。儘管如此，警方就是查不到姊夫犯案的證據！另外，姊夫居然找了兩個人對檢察官表明：「事發當時三個人一起喝酒！」他之後還向員警撇清：「她的死與我無關！那是兩個女人之間的糾紛。」

警方後來查出那間套房是情婦租的，情婦也坦承自己攻擊了被害人。她還說那封遺書是她寫的，跳樓的現場也是她佈置的，她甚至堅稱自己一個人將屍體拖到了樓頂，推了下去。他們的說法顯然不合情理，但是辦案的警察竟然全都相信！

吳可風也覺得不可思議。此時的他不但想知道實情，還打算幫人幫到底。他再次化開心神，感應到了這個男人。原來，他才是真正的兇手，這件謀殺案的主謀。兩個人結婚那一年，他在證券公司當營業員，靠著買賣股票賺了不少錢。後來股市狂跌，他不但沒賺錢，反而賠光了積蓄。

妻子要他離開股市，找個穩當的工作，老老實實地過日子。他無奈地離開了證券公司。之後，他靠著岳父的關係進到了市政府當雇員。夫妻雖然膝下無子，五年下來倒也相安無事。直到去年年初，岳母意外過世，妻子因此繼承了一筆土地。他想開一家咖啡廳，叫妻子賣地換現金，沒想到妻子竟然譏笑他「只想當老闆，不知腳踏實地」，兩個人的感情就此疏離。後來，他經常流連在外，認識了幾個酒肉朋友，其中一個是簽賭集團的組頭。他禁不住組頭的鼓舞，簽賭輸了一屁股。

他央求組頭：「高抬貴手，通融通融。」

組頭告訴他：「要慢慢還也可以，但是要幫忙討債。」他不得不硬著頭皮四處討債。

他沒討到多少債，卻討到了一個「小老婆」。小老婆比他愛賭博，輸的錢比他還多，兩個人不賭不相識、不輸不聚首。為了清償兩個人的賭債，他設計了殺妻謀財。那一天，他故意讓妻子發現行蹤。她果然跟了上來，直接衝了進來。他們早有預謀，待她失去防備時用鐵鎚敲她的頭，等她昏迷後將她帶至頂樓，再將現場佈置成自殺跳樓。當時妻子被小老婆打到昏迷不醒，他趴在地上聽，發覺妻子的呼吸仍然穩定。儘管鮮血流了一地，他知道妻子隨時會清醒。

「她死了沒有?她到底死了沒有」小老婆在一旁緊張兮兮。他叫她不要擔心，趕快去拿毛巾。他用毛巾包好傷口，起身走到門口，開門查看左右。還好走廊上一個人也沒有。他知道妻子傷得不重，很想立刻帶她上去「跳樓」。然而，時間未到，為時尚早，鄰居隨時會走出門口，走廊上經常有人走過。他既不想看到妻子清醒，又不敢動手了結她的性命，更不願別人看到他扛著一具屍體。門前又有一個人走過去，走廊又傳來了關門的聲音。兩個人在那裡妳看我、我看妳，等著時間一分一秒慢慢過去。他煩惱得要命，還好妻子始終沒有清醒。

午夜一過，他靜靜地走出門口，將電梯停在一樓。整層樓無比安靜，聽不到任何聲音。他回房交代小老婆清潔血跡、玻璃，隨即扛起妻子的身體，走過長廊進到電梯。電梯上到了最頂樓，他走出電梯，放下妻子的身體，拿下頭上的毛巾，脫去她的鞋子，將她拋了出去。樓下傳來了重物落地的聲音。他將假遺書壓在鞋底，再搭電梯回到房裡。小老婆正好清潔完畢，滿頭大汗坐在客廳。他叫她不必擔心，去洗個澡，早點休息。他又說自己有事要去處理，其實他約了酒肉朋友，打算來個不醉不休。

他離開套房，走向常去的小吃攤。走到一半，來到橋上，他將沾血的毛巾包著鐵槌丟進了河裡。他認為整個計謀天衣無縫，不會被人識破。沒料到警方竟然得到了線索，居然查出妻子不是自殺跳樓！即使如此，他也不憂不愁，因為他早就留了一手。那一天，小老婆獨自在家，幾個警察跑來敲門，進入房內找東西。他們竟然發現了碎玻璃，還驗出了妻子的血跡！警方臨走之前告訴小老婆：「妳涉嫌殺人，不可隨意離開。我們隨時會過來，如果發現妳不在，這就表示妳畏罪潛逃。」小老婆因此哭了好久。哭到最後，她打電話來說：「為甚麼警察找上我，我只是將她打昏，明明是你扛她上去跳樓。」

「不是這樣的！她早就沒了呼吸，她一開始就被妳打死了。」幸好他早已想過。他還溫柔地對小老婆說：「事到如今，既然警察都知道了，妳就一個人把事情都扛了，關一個好過關兩個。不要難過，我會常常去看妳，在這裡等妳出獄。」小老婆哭得要死要活，最終還是被他說服了。此時此刻，他不只暗自慶幸，還滿腦子想著如何處理那筆土地。

知道整件事的來龍去脈之後，吳可風總算弄明白了。當時他以為看到了夢遊的老人，原來是一個被人扛著的女人。因為她處於深度昏迷，所以心跳異常緩慢，難怪眼睛發出藍光。另外，女人墜樓之前明明還是活的，這個人為了脫身居然說她早就死了！他竟然為了自己一個人陷害了兩個最親近的女人！

儘管真相大白，這個人卻是逍遙法外。他不只睡得安穩，還過得自在，甚至經常夢到自己發大財。吳可風說甚麼都要讓他得到應有的制裁。吳可風來到了他的夢境，顯現女子慘死的外形，不只如此，吳可風還用淒厲的聲音要他償命。

他果然被自己的亡妻給嚇醒。他怕得不敢睡覺，熬了兩天終於受不了。一睡著，摔得扭曲變形的妻子又在夢中向他索命。數日之後，他自己乖乖地進到了警察局。

* * *

回到了林媽媽的內心，吳可風自己問自己：「隨意操控別人的夢境，這樣好嗎？」

「至少我幫助了這些人，不是嗎？」

「這些事都不關我的事，我這樣做會不會干擾到他們？」

「我想做就是我的事，不想做就沒有我的事，不是這樣嗎？」

他一邊問自己，一邊憶起了最在意的人。

「唉！不曉得阿雅現在過得好不好？她還會難過嗎？」

「吳可風，你已經死了，別想著她了，難道你也要干擾她？」

「我是不是應該關心一下曾經對我好的人？」

「別胡思亂想了，她要怎麼過日子，這跟你沒有關係吧！」

「不管了！陌生人我都干擾了！去關心一下吧！去一次就好！」

說服自己之後，吳可風很快就找到了阿雅。因為她正在自己的夢中說話。儘管吳可風進入了阿雅的夢境，卻沒有在她的夢中現形。他在夢裡靜靜傾聽。那裡除了阿雅的自言自語，還有兩男一女的聲音。雖然三個人說得模糊不清，但吳可風知道其中一個就是自己，另外的一男一女正是王祥與小蘭。阿雅一直問澎湖哪裡好玩，小蘭、王祥嘰哩咕嚕地回答她。

「可風，下次我們也去吉貝島玩香蕉船好不好？」她果然念念不忘！

吳可風一邊感嘆，一邊聽著自己的回答。

「聽你們這樣講，我也好想去澎湖玩喔！」

「在水中浮潛一定很有趣！那些珊瑚礁一定很美麗！」阿雅獨自說個不停。

吳可風雖然不心痛，卻是越聽越難受。難過之後，他決定讓阿雅做一個開心的夢。他在阿雅的夢中化成兩個人外形：一個是王祥，另一個是自己。此外，他讓阿雅進入看球的記憶。阿雅夢見自己進場看球，和吳可風、王祥坐在觀眾席。比賽是味全與統一交手，球賽進行地無聲無息。九局上半，兩人出局，比數還是零比零。三個壘包都站著跑者，一個味全球員走進了打擊區。投手將球投了過去，球員豪邁地打擊出去。這球飛得又高又遠，直接射向了觀眾席。轉眼間，白球來到了吳可風的頭頂！他雙手一舉，接得乾乾淨淨！

「可風！你怎麼這麼厲害！」阿雅一臉難以置信。

「這沒甚麼！我以前去過武當山，跟張三丰學過太極拳。」吳可風將球給了阿雅。

王祥不以為然：「太極拳算甚麼？我還去過少林寺，跟達摩祖師學過鐵砂掌哩！」

吳可風沒好氣：「好啊！等一下讓你接，你表演鐵砂掌給阿雅看看。」

王祥老神在在：「小意思！就怕球不來！」

又一個紅衣球員上場打擊，白球果然飛了過來，不偏不倚地飛向王祥的頭頂。只見王祥一臉正經，雙手舉起。然而，白球從他的兩手之間飛了過去。水泥地發出了叩一聲，球彈走了。

「搞甚麼！你的鐵砂掌生鏽了嗎？」吳可風猛搖頭。

「奇怪？怎麼會漏掉？」王祥皺起眉頭。說時遲，那時快，白球從後方飛了過來，打在王祥的背上。王祥嚇了一跳，急忙轉頭。

阿雅驚呼：「那顆球彈回來了！你有沒有怎麼樣？」

王祥一臉尷尬：「還好！還好！」

吳可風一臉淡然：「放心啦！他不只練過鐵砂掌，他還學過金鐘罩和鐵布衫哩！」

阿雅一聽，瞇著眼睛笑出了聲音。吳可風看到了難忘的笑臉，霎那間以為自己回到了從前。他原想藉著這個夢跟阿雅道別，此刻卻說不出「來生再見」。他不希望干擾阿雅的生活，當下卻很想經常進入她的夢。吳可風陷入了矛盾之中。

「有緣自會相見！人生終有離別！」他很快就想透了。

離開阿雅的夢境之後，吳可風進入了小蘭的內心，知道她與王祥正在交往，吳可風相當高興。然而，他發現小蘭最近遇上了一個難題。有一個癱瘓初醒的病人讓她傷透了腦筋，這個人也住在五樓的病房裡。他也很年輕，同樣車禍後陷入了昏迷，不同的是，吳可風醒來之後雖然睜不開眼睛，但是耳朵可以聽，也會想事情。這個人一清醒便睜開了眼睛，不只如此，他的耳朵聽得到，下床走得開。雖然他的身體恢復得很快，但是他的大腦似乎還沒醒過來，因為他動不動就將鼻孔裡的餵食管拔了出來。每個護士都用手勢告訴他「不要這麼做」，他就是不聽。每次為了幫他插管都搞得人仰馬翻，因為他會抗拒，還咳個不停。等到護士都走了，他又將管子抽出來了。小蘭與他溝通時，他總是似懂非懂地點頭。知道小蘭的困擾之後，吳可風很想做些甚麼。他化開了心神，想在人海之中找到此人。怪事發生了，吳可風自認無所不能，卻找不到這個人！

「對了！他無法和別人溝通，這就表示他忘了很多東西！」吳可風想到了原因。他將心神合而為一，在病房裡一個一個感應，果真發現了一個奇特的夢境！這個夢裡沒有人的自言自語，只有模糊不清的街景。吳可風知道他忘了如何言語，街景正是他對家的記憶。不僅如此，他幾乎忘了所有事情，只記得他自己！對吳可風而言，看到他的臉就夠了。吳可風只憑他的長相就找到了他的父母兄弟。感應這些人的記憶之後，吳可風化為他的家人，重入他的夢境。吳可風夜夜來到他的夢裡，引導他回想自己的過去。他的記憶慢慢清晰，漸漸想起了以前的事情，還有曾經學過的言語。

十三、無所從來，亦無所去

二氣交感化成胎，心神魂魄隨緣在，曲信相感而利生，無來無去稱如來。

之後吳可風不再進入別人的夢境了。因為他知道了太多事情，心裡再也放不下任何記憶。他對黑暗世界失去了興趣，又成了與世隔絕的心靈。此外，他想起了當年癱瘓的自己，還有捐贈器官的決定。

「當初就是希望可以一死了之，沒想到現在又是想死沒法死！」他越想越無奈。

吳可風一直留在林媽媽的心裡，因此改變了林媽媽的個性。她原本經常喝湯藥吃補品，後來反而愛吃甜點糕餅；她以前最愛看歌仔戲，之後常常聽流行歌曲；她也不再排斥速食店的漢堡炸雞，還和孫子一起看卡通片。她甚至和小孩們聊起了片中的角色造型。然而，林媽媽自己對此毫不知情。兒女偶爾對她提起，她還不太相信。有一次，她在夢中對吳可風一一提及。

「聽起來比較像是我的個性，可能是心臟的關係吧！」

「我也是這麼說，但是他們回答我：『這種事情沒有科學根據！』」

「沒有科學根據的事情很多，人們不了解自己看不見的世界。」

「我還告訴他們，說我經常在夢裡和你聊天，一起遊山玩水。他們卻回答我：『那都是妳自己在做夢而已！』」

「他們說的沒錯，這一切都是夢。而且，只會發生在妳的心裡。」

「如果這只是一場夢，為甚麼這般真實，我清醒後都能記得清清楚楚。」

「能不能記住一場夢，這要由心來決定，記憶只是心的一部分。」

「我好像有點懂，又好像不太懂。你說我清醒的時候你會被困在某個地方，等我睡著之後才能離開，那麼……你會不會等很久？」

「等很久？妳說的『等很久』我以前好像聽過，但是我現在卻想不起來它到底是甚麼。」

「咦！你對時間沒感覺嗎？」

「嗯！我感覺不到時間。」

「我聽糊塗了，那你的日子要怎麼過呢？」

「日子怎麼過？我的身體不在了，我不吃不喝了，我過甚麼日子呢！這麼說吧！我待在人們所說的時間之中，同時我也是時間的一部分。我感覺不到所謂的時間，這就好像水裡的魚不知水的存在、初生的嬰兒不知自己的到來。」

「唉！我無法理解你說的，那究竟是個怎麼樣的世界啊！」

「我的世界人們無法理解，如同我看不見外面的世界。」

「你自己待在那個地方，還是會無聊吧！」

「無聊？我不再睡覺之後，從來不覺得無聊。」

「甚麼？你不睡覺了？不知道我能不能和你一樣？」

「不行！活著的人一定要睡覺。」

「是啊！人需要休息，不可能不睡覺。」

「人不能只動不靜，也不能只睡不醒。這就像外面的世界一樣，天上不會只有月亮沒有太陽，地上不可能只有白天沒有夜晚。」

日子一天接著一天過去，林媽媽膝下子孫成群。她覺得許多事情力不從心，對吳可風提起了心中的憂慮。

「可風，阿豪和阿美都說我的記性越來越差了，我是不是真的老了？」

「林媽媽，妳會這麼問，就表示妳還不老。」

「如果有一天，我老了、死掉了，你會離開我嗎？」

「我是依著這顆心來的，這個心臟如果不跳了，我也會離開。」

「你離開後會去哪兒？」

「從何處來、從何處去，該去哪裡、就去哪裡。」

「你說甚麼啊？你不怕自己消失嗎？」

「我早就死了，何必害怕呢！」

「是啊！你的身體已經死了。可是我好怕，我怕自己會死。」

「活著的人都會死、都怕死，但死的只是身體，人會繼續活下去。」

「你說的這幾句話，我怎麼又聽不懂了。」

「人和萬物一樣，先是出生，接著成長，最後死亡。」

「這不就是生老病死嗎？」

「林媽媽，有一天你會死，你的兒子阿豪也會死，阿豪的兒子也會死，一代接著一代死。」

「是啊！人早晚都會死的啊！」

「人以為自己會死，其實沒有死。因為他們的子孫活了，一代接著一代活下來了。」

「我懂了！雖然我死了，但我的子孫會繼續活著！」

「人本於自我的意識，總想著自己早晚會死。殊不知萬物從生到死，由死至生都是為了無止無盡地活著。」

「聽你這麼一說，我應該明白了。」

「所以人不需要怕死，因為死與生都來自於永恆。」

漸漸地，林媽媽睡著的時間變多了，內心的光芒越來越暗了。她眼中的紅光越來越淡，藍光愈來愈強。到了後來，她睡覺的時間變得和別人不一樣。當阿豪一家人都睡著了，她獨自在附近走著。而周圍的人都醒著，她卻自個兒睡著了。吳可風難以在她的夢中現形，因為她的記憶所剩無幾。她還把夢境當成實際，並將現實視為幻影。她不只忘了一切，甚至忘了自己。

林媽媽的生命終於走到了盡頭，受困半生的吳可風總算得到了解脫。

他問自己從何而來，心中竟是一片空白；他不知從何而往，卻回到了最初的地方。

歲歲又月月，不過一眨眼；
豐功與偉業，只是雲片片；
一身一世界，生死本同源。

集夢坊

如來 死生之說

出版者●集夢坊
作者●曾景明
印行者●全球華文聯合出版平台
總顧問●王寶玲
出版總監●歐綾纖
副總編輯●陳雅貞
責任編輯●蔡秋萍
美術設計●陳君鳳
內文排版●王芋崴

國家圖書館出版品預行編目（CIP）資料

如來 死生之說／曾景明 著
-- 新北市：集夢坊出版，采舍國際有限公司發行
2021.01 面； 公分
ISBN 978-986-99065-6-2（平裝）

863.57 109018585

台灣出版中心●新北市中和區中山路2段366巷10號10樓
電話●(02)2248-7896 傳真●(02)2248-7758
ISBN●978-986-99065-6-2 出版日期●2021年1月初版

郵撥帳號●50017206采舍國際有限公司（郵撥購買，請另付一成郵資）
全球華文國際市場總代理●采舍國際 www.silkbook.com
地址●新北市中和區中山路2段366巷10號3樓
電話●(02)8245-8786 傳真●(02)8245-8718

全系列書系永久陳列展示中心
新絲路書店●新北市中和區中山路2段366巷10號10樓 電話●(02)8245-9896
新絲路網路書店●www.silkbook.com 華文網網路書店●www.book4u.com.tw

跨視界・雲閱讀 新絲路電子書城 全文免費下載 新・絲・路・網・路・書・店 silkbook ◦ com

本書係透過全球華文聯合出版平台（www.book4u.com.tw）印行，並委由采舍國際有限公司（www.silkbook.com）總經銷。採減碳印製流程，碳足跡追蹤，並使用優質中性紙（Acid & Alkali Free）通過綠色環保認證，最符環保要求。

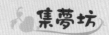